LES ROMANS D'AVENTURES

LES MAÎTRES DU BATEAU

ROMAN — PAR JEAN LOUIS MORGINS — INÉDIT

HARMENGOL

1f75
LE ROMAN COMPLET

J. FERENCZI et FILS — ÉDITEURS — PARIS

JEAN-LOUIS MORGINS

LES MAITRES DU BATEAU

PARIS
J. FERENCZI et FILS, Éditeurs
9, Rue Antoine-Chantin, 9
1927

VOLUMES PARUS :

LES MAITRES DU BATEAU

Roman d'Aventures Inédit

par

JEAN-LOUIS MORGINS

PREMIÈRE PARTIE

VERS LA GUYANNE

I

EN ROUTE !

On put croire, il y a quelque temps, que la Guyane ne recevrait plus de bagnards. Les ministres en avaient fourni l'assurance. Cependant, des condamnés aux travaux forcés et des relégués formant un important convoi ont quitté aujourd'hui l'île de Ré pour cette lointaine colonie. Leur séjour plus ou moins prolongé à Saint-Martin les aura, les uns et les autres, préparé à la pénible existence qui les attend sous le ciel inclément de la Guyane.

. . . .

Ce matin, cinq cent dix hommes étaient encore empilés dans l'ancienne citadelle bâtie à l'époque de Louis XIV. A l'heure actuelle, il n'y en a plus que cent soixante-dix, tous bagnards. En effet, deux cent neuf condamnés aux travaux forcés et cent trente et un relégués — trois cent quarante hommes — ont quitté cet après-midi ce dépôt et ont été embarqués sur le vapeur le *Martinière*, qui, aussitôt après avoir absorbé sa lamentable cargaison humaine, prit le large.

J'avais pu, à loisir, contempler les deux cent neuf bagnards en instance de départ. Ils étaient assis sur des bancs, les coudes appuyés sur des tables de bois où s'entremêlent, gravées au couteau, les inscriptions les plus odieuses et les plus inattendues. Uniformément vêtus d'une vareuse et d'un pantalon gris foncé, ils semblaient, à l'exception de quelques-uns, hébétés, et j'étais surpris de leur sagesse. Aucun d'eux ne proférait un mot. Mais quel pitoyable spectacle formait leur troupeau !

A regarder ces misérables, rasés et tondus de frais, on éprouve un malaise indéfinissable et si l'on ne savait être dans l'antre de la répression du crime, on s'imaginerait circuler dans un asile d'aliénés dont les pensionnaires seraient devenus subitement calmes. Quoique nombreux, le contingent des bagnards voguant vers l'Amérique ne comprend pas de criminels ayant conquis la célébrité. Leur doyen est un berger corse. Il a cinquante-neuf ans, mais il en paraît bien quinze de plus.

Dès hier, tous les hommes étaient prêts, mais c'est seulement cet après-midi, à deux heures trente que le dépôt de Saint-Martin-de-Ré a ouvert ses portes devant eux.

Des précautions avaient été prises pour ce départ. Soixante soldats et quinze gendarmes, venus de La Rochelle, la garnison de l'île, deux brigades de gendarmerie et quarante surveillants militaires assuraient l'ordre et pourchassaient impitoyablement les cinématographistes.

A deux heures et demie tapant, le convoi sortit du dépôt et se mit en marche. Trois bagnards, ayant les bras liés les uns aux autres par des menottes, venaient en tête comme pour montrer à leurs compagnons le chemin de la Guyane. C'étaient trois forçats évadés, — Lesueur, Finot et Goldini, — et le cortège dont ils semblaient être les guides était impressionnant, surtout à cause du silence qui l'enveloppait.

Condamnés et relégués, chaussés de neuf, étaient tous chargés de deux musettes, d'un sac de marin contenant leur linge personnel et de deux couvertures, d'une gamelle et d'un quart. Ils avançaient lentement, à une allure d'enterrement, impassibles, sauf quelques-uns d'entre eux, dont le sourire figé ressemblait plutôt à un rictus.

Les curieux, peu nombreux, étaient presque tous des habitants de Saint-Martin. Pourtant, derrière un cordon de soldats, défendant l'accès de l'allée de la Guyane, délicieusement ombreuse, par où passe le convoi, on remarquait une jeune femme — oh ! si gracieuse et si charmante, cette femme ! — en manteau agrémenté de fourrure, qui cherchait impatiemment quelqu'un. C'était la maîtresse de l'un des membres du misérable convoi. Quand l'homme l'aperçut, celui-ci lui dit bonjour de la main, en lui envoyant des baisers qui lui furent copieusement rendus.

Ils voguent maintenant dans les bagnes flottants du *Martinière*, qui fera escale à Alger pour y prendre encore environ trois cents condamnés et qui, vers le 20 avril, arrivera en vue de la Guyane avec sa cargaison maudite.

C'est dans les termes que l'on vient de lire que le grand journal français *le Journal* signalait, dans son numéro du 31 mars 192..., sous la signature de son éminent collaborateur Erio, l'embarquement d'un certain contingent de forçats et le départ du vapeur qui avait mission de les conduire au bagne.

Toutefois, le *Martinière* — sous les ordres du capitaine Bonnet — ne leva l'ancre qu'à la nuit tombante. Ses farouches passagers, déjà couchés dans leurs hamacs, parmi des cages qui donnaient à ces bagnes flottants l'impression de ménageries, observèrent un silence aussi profond que s'ils étaient descendus au tombeau. Seuls résonnaient alors les pas des deux surveillants qui, revolver en bandoulière, montaient la garde entre les cages solidement verrouillées, où tant de haines accumulées venaient -- provisoirement — de s'apaiser.

Encore que, faiblement chargé, le *Martinière* ne cessât, depuis le départ, de rouler sévèrement, la première nuit fut calme. Nombre de condamnés durent payer, cependant, déjà, leur tribut à la mer. Au matin, les surveillants s'empressèrent donc de faire nettoyer les cages à grande eau.

Malgré le souci que l'on a de ne pas laisser circuler à la fois trop de bagnards sur le bateau, on est obligé d'avoir recours à ces derniers pour assurer certaines corvées que l'on ne peut décemment demander à l'équipage d'accomplir, et, dès le réveil, il fallut constituer une équipe de travailleurs. Les candidats ne manquaient pas. Presque tous les condamnés ont le désir de recevoir une occupation, durant la traversée, tant à cause des avantages qu'ils en retirent que, comme on le verra plus loin, des espoirs qu'ils peuvent nourrir.

C'est au dépôt de Saint-Martin qu'avaient été désignés déjà les hommes de corvée. On avait choisi ceux qui, par leur attitude en prison, avaient mérité de se voir confier en mer une besogne qui leur permettrait de passer leurs journées hors des cages.

Les uns avaient été dirigés sur la cuisine, d'autres chez le charpentier ou chez le boulanger. Il y en avait qui briquaient le pont, d'autres qui épluchaient les légumes ou qui nettoyaient les récipients employés pour la distribution des rations. Bref, une vingtaine de bagnards circulaient sur le pont, où on pouvait les voir à tout moment.

En dehors des hommes de corvée, on avait réuni des équipes qui, aux heures des repas, seraient chargées d'aller chercher à la cuisine la pitance des transportés. Leur formation fut brève.

— Groupez-vous par dix, a annoncé un surveillant, et désignez un garçon de table...

Bien que moins disputé que -l'emploi d'homme de corvée, celui de garçon de table a néanmoins ses partisans. Pour aller des cages à la cuisine, on gravit deux escaliers, on longe un petit couloir. C'est une promenade plutôt courte, mais qui semble agréable, à des êtres qui, pendant vingt jours, vont être enfermés derrière les barreaux de leur cage. Et puis, à chacune de ces sorties ils courent la chance de découvrir quelque mégot traînant sur le pont et, à leurs yeux, cette perspective, elle aussi, a son prix.

A leur départ de Saint-Martin, les transportés, je crois l'avoir relaté déjà, ont reçu une gamelle, un quart et une cuillère, ustensiles qui leur seront enlevés à leur arrivée en Guyane. A bord, ils conservent la gamelle et le quart. Par contre, la cuillère leur est enlevée après chaque repas. Excellente précaution, car on s'imagine fort bien que, frottée patiemment sur le plancher bitumé des cages, elle aurait tôt fait, la cuillère, de se transformer en une arme un peu moins pacifique. Néanmoins, le temps ne sera pas long où quelques cuillères, en dépit de la surveillance, manqueront à l'appel et, si on les retrouve, on constatera qu'elles ont été transformées en poignards.

Je crois bien inutile, n'est-ce pas, de m'étendre longuement ici sur maints détails concernant l'ordinaire des transportés. Pain, biscuit de mer, viande et légumes forment le fond d'une alimentation sobre mais suffisante, répartie en trois repas : six heures quarante-cinq, neuf heures, dix-sept heures. Enfin, à midi, il leur est servi un quart de vin et l'heure du « pinard » est celle qui est le plus impatiemment attendue.

« Le repas des fauves », ainsi que disent les matelots, se fait en général sans heurt et sans susciter aucune réclamation.

Dans le carré des bagnes, des seaux de tôle, sur quoi s'adaptent des plats de même métal, sont toujours disposés. Au moment des repas, les garçons de table sortent des cages, s'emparent des seaux et se dirigent vers la cuisine. Au déjeuner, le seau contient les légumes et, le plat, la viande. Avant de réintégrer son bagne, le garçon de table reçoit encore sa portion de pain et celle de ceux qu'il ravitaille, et le partage s'opère sans contestation, le pain et la viande étant coupés à l'avance en parts égales. En ce qui concerne la soupe et les légumes, on les répartit au moyen d'un plat qui sert de mesure. Les hommes, à l'exception de quelques-uns, mangent gloutonnement, à la manière des bêtes, et, quand ils ont fini, ils s'allongent au hasard, sur le sol de leur cage, pour digérer.

Ils sortent de cette torpeur à « l'heure du pinard ». Lorsque les surveillants qui procèdent à cette distribution se montrent, on ouvre les portes des cages et leurs occupants sont refoulés dans un coin.

— Tous dans le fond ! ordonnent les gardiens.

Le vin est apporté dans un seau et, à tour de rôle, les transportés viennent en emplir leur quart. Afin d'empêcher qu'ils en fassent bénéficier leurs camarades, ils doivent le boire immédiatement. D'aucuns s'y reprennent à deux ou trois fois pour l'avaler. Il y en a qui ont conservé un morceau de pain, qu'ils trempent dans leur quart. Quelques-uns, au pied peu marin, sont contraints de s'accrocher aux barreaux des cages. Ils n'en finissent pas et les surveillants, plus impatients, les poussent, insoucieux de voir se prolonger souvent un plaisir qu'ils ne partagent point.

. . . .

Je ne veux donner dans ces lignes aucune explication superflue sur la vie des bagnards à bord du vapeur qui les mène à la Guyane. Je me suis borné à transcrire fidèlement, mais avec rapidité, quelques notations absolument nécessaires pour comprendre bien, un peu plus tard, la suite de ce récit.

Que l'on excuse donc l'humble narrateur, s'il ne croit point devoir s'attarder plus longtemps sur les conditions plus ou moins agréables de l'existence maritime de ceux qui nous occupent. Et je me résume bien vite en notant tout simplement que, comme je l'ai dit, parti de Saint-Martin le 31 mars, à la nuit tombante, le bagne flottant n'arrivait en vue d'Alger que le 5 avril, vers sept heures du matin.

II

LE CONVOI D'ALGER

Il y eut alors un grand brouhaha dans les cages. Ceux qu'elles renfermaient s'écrasaient derrière les hublots grands ouverts, pour contempler la jolie ville, symétriquement bâtie en amphithéâtre, au bord de la mer, et qui, du large, apparaît si implacablement blanche que l'on a l'impression de s'avancer vers la cité attirante du calme et du repos. Les douze forçats algériens faisant partie du convoi se montrèrent particulièrement agités.

— Laissez-nous jeter un coup d'œil sur notre pays, suppliaient-ils, en essayant de déloger des hublots les bagnards qui y étaient installés.

Un sidi malingre, jusqu'alors pleurnichard, et qui avait pu s'emparer d'une bonne place, ne se tenait plus de joie.

— Ti vois, expliquait-il à ses voisins, en face, derrière la tache verte, c'est la casbah : la pyramide, tout en haut, a été élevée à la mémoire des Algériens tués à la guerre... Ce grand bâtiment, à gauche, c'est la poste... Plus à gauche encore, loin derrière la colline, il y a le dépôt de Maison-Carrée, où sont les copains qui viennent avec nous... Sûr que j'en reconnaîtrai...

Les bagnes, maintenant, étaient inondés de lumière. Ils avaient perdu leur aspect sinistre et, depuis leur arrivée dans les eaux plus tranquilles, les tristes passagers paraissaient eux-mêmes moins accablés et moins soucieux.

Ils avaient attendu cette escale à Alger, la seule du voyage, avec impatience et curiosité. Au réveil, ils avaient décroché leur hamac avec plus d'empressement que les jours précédents. Ils savaient en outre que le commandant allait passer l'inspection du navire et que, dans les bagnes, tout devrait être en place.

Effectivement, aussitôt le café bu, le capitaine Bonnet se présenta. Son second, Mau-

perthuis, le docteur du bord, Daniel, et un seul surveillant le suivaient. Parfaitement alignés sur quatre rangs, condamnés et relégués attendaient, silencieux, derrière leurs grilles, dont les portes étaient ouvertes.

— Découvrez-vous ! ordonna un gardien, à l'entrée du commandant dans la première cage.

D'un même geste, les coiffures disparurent.

Après avoir constaté qu'aucun écrou ne manquait, que rien n'était détérioré, le commandant contourna le groupe des transportés, pour juger de l'état de leur tenue et, sans doute satisfait, puisqu'il ne formula aucune critique, il passa dans une autre cage. L'attitude des bagnards avait été d'une correction absolue.

Le *Martinière* devait embarquer avant la nuit sa nouvelle cargaison humaine : trois cent vingt condamnés aux travaux forcés et vingt relégués, enfermés au dépôt de Maison-Carrée, qui est situé à une douzaine de kilomètres d'Alger.

Les lourdes portes du dépôt s'ouvrirent à quatre heures trente. Les transportés, parmi lesquels se trouvaient seulement vingt Européens, sortirent deux à deux, enchaînés par un bras. Des gendarmes prirent la tête du cortège qui, sous un soleil éblouissant, dut traverser tout Maison-Carrée, avant de monter dans le train spécial qui l'amena à Alger. Ce premier parcours dura trois quarts d'heure. Par une route bordée de cactus et d'aloès, les bagnards avancèrent, au milieu d'une double haie de curieux qui, en langue arabe, leur adressaient des paroles d'encouragement. Enveloppées dans leur haïck blanc, des femmes voilées ne quittaient point certains forçats, avec lesquels elles entretenaient une conversation animée, sans que l'on pût distinguer, de part ou d'autre, le moindre signe d'émotion.

A Alger, condamnés et relégués, toujours enchaînés, prirent place sur deux chalands accolés. Les quais étaient noirs de monde. Dans le port et malgré la chasse que leur donnait une vedette de la police, plusieurs dizaines de petits canots, chargés d'indigènes aux vêtements bariolés, reparaissaient sans cesse. Près du *Martinière*, d'autres embarcations avaient réussi à se faufiler et, sur des charbonniers voisins, les places avaient été prises d'assaut.

Ces derniers curieux avaient évidemment des connaissances parmi les forçats. On en eut la conviction au cours de l'embarquement. Les « au revoir », les « adieu » s'entre-croisaient et, en grimpant l'échelle du bateau, un bagnard, se tournant vers ceux qui étaient venus le saluer à son départ, leur cria d'une voix forte :

— Vous en faites pas ! A bientôt !...

La nuit tombait. Cependant, sur les chalands, quatre forçats restaient accroupis, immobiles. Des gendarmes discutaient autour d'eux. Que se passait-il ?

Ces quatre hommes étaient aveugles et leur embarquement fut pénible. Invités à se mettre debout, ils obéirent immédiatement, mais restèrent quelques minutes sur place, avant d'être dirigés vers la plate-forme de l'échelle du *Martinière*. Le premier qui y parvint essaya inutilement, à deux ou trois reprises, d'y monter. Un gendarme lui empoigna alors la jambe au-dessous du mollet et posa le pied sur la plate-forme. L'autre suivit, pendant que l'aveugle tendait les bras autour de lui, comme s'il n'arrivait pas à trouver l'équilibre. Pitoyable, le gendarme ne le quittait pas et lui fit prendre à deux mains la corde de l'échelle.

— Maintenant, allez... lui dit-il.

L'ascension fut difficile et elle parut longue aux personnages officiels qui, du pont du bateau, l'observaient.

Et, quatre fois, cette scène se renouvela.

Ah ! quels forfaits avaient donc commis ces infirmes ? En la circonstance, cela importe peu. Je puis le dire, pourtant. Pour meurtre, le 2287 a été condamné, à La Réunion, aux travaux forcés à perpétuité ; il voyait à peine clair, à son entrée au dépôt de Maison-Carrée, et la lumière, pour lui, s'est éteinte définitivement. Le 2317 était aveugle quand il fut condamné à vingt ans de travaux forcés : il écoulait de faux billets de banque. Le 2620, borgne à son départ d'Oudja, perdit rapidement, à Alger, l'usage de son autre œil. Le dernier, enfin, le 2702, commit, étant aveugle, le meurtre qui lui valut dix ans de travaux forcés.

A quoi allait-on utiliser, à la Guyane, ces malheureux impotents ? Et était-il bien utile de leur faire traverser l'Atlantique à grands frais, pour les replonger dans un autre tombeau ?

Ce n'est pas à moi, mais au récit même qu'on va lire, de répondre à cette question, posée par mon éminent confrère Erio, à l'obligeance duquel je dois, d'ailleurs, d'avoir pu rapporter ici avec exactitude les renseignements authentiques que l'on vient de lire sur le départ du *Martinière*, qui maintenant déjà, a levé l'ancre et vogue définitivement, enfin, vers le bagne.

Définitivement ?

Peut-être...

III

TROIS FORÇATS, UNE IDÉE...

L'existence sur le bateau avait repris son trantran coutumier, et les heures se succédaient dans la monotonie que ne tarde pas à prendre une vie bien réglée, où l'imprévu n'a point de place.

En apparence, tout au moins. Car si le calme était grand parmi le *Martinière*, il l'était sans doute moins dans l'esprit de ses passagers.

D'aucuns l'ont dit avant moi : si les forçats ou les relégués trouvent en eux-mêmes la force de subir leurs condamnations sans trop de souffrances matérielles, c'est que, quelle que puisse être l'impossibilité ou la folie de leur rêve, ils conservent toujours l'espoir de s'évader un jour des geôles. Les prisons peuvent avoir des murailles gigantesques, l'île du Diable peut être, de tous côtés, entourée d'une mer perfide où les requins parachèvent les forces de la nature, le bagne peut être ceint de forêts où la faim et la soif ont plus vite raison du fuyard que le tigre et le léopard, qu'importe ! La machine humaine est ainsi faite qu'elle se croit plus puissante que tous les éléments. Dans l'âme de tout prisonnier germe à tout jamais l'idée de la fuite, l'espoir de l'évasion.

Or, au nombre des condamnés embarqués sur le *Martinière*, trois hommes — trois hommes dont j'ai cité les noms, ceux-là même qui, au départ de Saint-Martin, marchaient en tête du convoi — connaissaient peut-être avec plus d'âpreté que leurs camarades cette pensée fixe de la fuite, puisque, une fois déjà, ils avaient pu, chacun de son côté, arriver à s'évader.

C'était Lesueur, c'était Finot et c'était Goldini.

Leurs forfaits ? Peu importe ! Que le premier ait tué une vieille rentière qui s'était réveillée au moment où il cambriolait sa villa de Ville-d'Avray, que le second ait assassiné sa maîtresse dans un accès de jalousie féroce, que le troisième, enfin, ait froidement attendu au coin d'une rue un garçon de recette et, après lui avoir jeté du poivre dans les yeux, l'ait abattu de deux balles de revolver, ces trois crimes étaient si loin qu'ils en avaient à peu près perdu le souvenir. Pour eux, parce que, une fois déjà, ils avaient été au bagne, leur dette était payée. Ce second voyage à la Guyane, ils le considéraient comme une injustice de la Société à leur égard et, plus encore que les autres, récidivistes de l'évasion comme ils avaient été, naguère, récidivistes du crime, ils ne songeaient qu'à fuir.

Qu'à fuir ?... Oui, mais comment ?

Quitter le bateau en se jetant à la mer, c'était, toutes proportions gardées, relativement assez facile. Mais, une fois à la mer ? Même eussent-ils su nager comme de véritables champions, — et ce n'était pas le cas, — ils ne pouvaient rien espérer. Recueillis par un bateau, et, en ces parages, les rencontres étaient rares, ils eussent été immédiatement repris, car leur costume ne pouvait laisser aucun doute sur leur identité. Quant à gagner par leurs propres moyens une terre hospitalière, c'était, je le répète, une entreprise chimérique, impossible aux forces humaines.

Toutefois, chacun pour sa part, Lesueur, Finot et Goldini avaient, et depuis des mois, réfléchi aux moyens de recouvrer, en dépit de tout, leur liberté définitive. Pas un instant ne s'était écoulé sans qu'ils eussent pensé à quelque exploit magnifique, sans qu'ils eussent approfondi, discuté et creusé les façons de le mettre en œuvre. Aux rares et rapides moments au cours desquels ils avaient pu communiquer entre eux, à Saint-Martin-de-Ré, ils s'étaient transmis leurs espoirs et leurs recherches. D'un mot, d'un signe, d'un regard, ils s'étaient compris. Et maintenant que la promiscuité des cages leur permettait de se voir davantage, sinon de se parler plus, ils avaient à nouveau repris leurs merveilleux projets.

Ils comptaient surtout sur leur expérience. Expérience chèrement acquise, mais qui n'en était pas moins réelle, puisque due au premier voyage qu'ils avaient déjà fait. Sans savoir exactement pourquoi et à l'insu les uns des autres, ils avaient mis tous leurs espoirs dans le temps de la traversée. S'évader du bagne, c'était à peu près fou (ils en savaient quelque chose !) et cela, en tout cas, demandait des années. S'évader de Saint-Martin-de-Ré, la construction de la prison jointe à la situation même de l'île, était, au sens propre comme au sens figuré, un infranchissable. Il ne restait donc à l'esprit tourmenté des hommes, je le dis une fois encore, que la traversée, que le bateau, que la mer.

Or, la traversée était commencée. Ils étaient sur le bateau. Ils étaient en pleine mer !

Je crois à peu près inutile de dire que, pas plus Lesueur que Finot ou Goldini n'étaient très intelligents. Ce n'étaient point, cependant, de sombres brutes. Du temps où ils vivaient encore parmi la société des hommes, ils avaient, dans leur travail, fait souvent preuve de bon sens pratique. Or, déjà, lors de la première traversée, ils s'étaient parfaitement rendu compte que l'effectif du bateau, en tant que personnel et gardiens, était loin d'être en rapport avec l'effectif des bagnards. Ah ! certes ! un homme résolu et armé comme l'étaient les geôliers du *Martinière*, vaut de nombreux adversaires à peu près impuissants. Mais, en dépit de tout, la loi du nombre doit entrer en jeu. C'est, qu'on le veuille ou non, une vérité élémentaire, et cette vérité n'avait pas échappé aux cerveaux assez frustes de nos trois évadés.

Petit à petit, lentement, patiemment, ils avaient mûri ce qu'ils appelaient entre eux leur plan de campagne. Ils en avaient pesé le pour et le contre et, quelles que pussent être les impossibilités matérielles de son exécution, ils n'y avaient pourtant pas complètement renoncé.

Avant même de mettre quoi que ce fût en œuvre, il leur fallait penser à la difficulté de prévenir et de rallier les autres condamnés. Ah ! si tous avaient nourri le même espoir que Lesueur, Finot et Goldini, si tous s'étaient entendus entre eux aussi bien que ces trois-là, la tentative, sinon le résultat, eût été relativement facile. On aurait pu, brutalement, courir sa chance, risquer le tout pour le tout, essayer. Mais, en l'état actuel des choses, — des sentiments, devrais-je écrire, — il n'y fallait pas songer. Maints bagnards, en effet, nourrissaient à l'égard les uns des autres des haines implacables. La jalousie, la méchanceté, l'envie auxquelles ces hommes étaient en proie étaient autant de nouveaux écueils pour le téméraire projet.

Et puis, ne fallait-il pas avoir à compter avec les « faux frères », toujours possibles, avec les « mouchards », avec ceux qui, pour se faire mieux voir ou bénéficier d'un traitement de faveur, iraient prévenir les officiels ? La chose était facile. Il suffirait à ceux-là de se dire malades pour être conduits à la visite et, une fois en face du major, de lui dévoiler le secret. Même sans recourir à cet expédient, si les mouchards se trouvaient parmi les hommes de corvée ou les garçons de table, ceux-ci auraient tôt fait d'aviser l'équipage. Et alors...

Plus les trois forçats pensaient à leur idée, plus cette idée, maintenant, leur semblait irréalisable. Et ç'eût été pourtant si simple ! Hélas ! le nombre même des transportés faisait à la fois leur force et leur faiblesse. Le projet, en tout cas, n'était pas encore à point.

Deux jours, déjà, s'étaient passés depuis que le *Martinière* avait quitté Alger. Or, chaque nuit, en matérialisant la fuite inéluctable du temps, enlevait à l'esprit des hommes un peu de leur espoir.

— Ah ! il faut pourtant agir ! Il faut faire n'importe quoi, mais faire quelque chose !... pensait, ou à peu près, chacun de nos trois réalisateurs.

Mais quoi ?

Cependant, nul, en les observant, n'aurait pu se rendre compte de leurs folles imaginations. Ils étaient tous les trois d'une docilité et d'une sagesse exemplaires. Déjà, d'ailleurs, à Saint-Martin, pour ne pas attirer sur eux la vigilance de leurs gardiens, ils avaient su mater leurs frénésies et se montrer souples et doux. Si, à l'idée des chefs, quelque suspicion avait pu prendre place, ce n'était certainement point Lesueur, Finot et Goldini qui les avaient fait naître.

Pourtant, je le répète, le temps passait, passait, et les trois forçats, pas plus avancés que le jour de l'embarquement, se rongeaient les sens et déjà se désespéraient.

— Ah ! il faut, pourtant, il faut ! se disaient-ils muettement, dans un signe, dans un clignement d'œil.

Hélas !

<h2 style="text-align:center">IV</h2>

L'HEURE DU PINARD

Encore que la vie, à bord, fût assez fastidieuse, les forçats, dans leurs cages, semblaient se faire une raison et s'accommoder sans trop de désespoir à l'existence animale qui, pendant quinze jours encore, devait être la leur.

Existence animale, existence végétative, existence de brutes...

Habitués à la torpeur, étendus, vagissants, sans plus de volonté, semblait-il, que de pensées ou de désirs, ils restaient prostrés pendant des journées entières, sur le sol de leurs bagnes. Béatitude bienheureuse dont parle l'Ecriture et réservée, dit-elle, aux consciences tranquilles. Ah ! dérision ! Affamés, ils mangeaient. Repus, ils digéraient. Ils ne consentaient à sortir du nirvâna qu'ils s'étaient peu à peu créé qu'aux heures régulières des repas. Six heures quarante-cinq, neuf heures, dix-sept heures. Tels étaient, pour les tristes passagers du lugubre *Martinière*, les trois moments de la journée qui valaient, tant soit peu, la peine d'être vécus.

Et puis, aussi, midi. Et puis, aussi, « l'heure du pinard ».

Mais cette heure ne pouvait en rien être comparée aux heures des repas. C'est pourquoi, d'ailleurs, je viens de me permettre de la citer à part. C'était un moment tout à fait spécial et à nul autre pareil. En effet, pour agréable que fussent aux condamnés les minutes des repas, ces minutes étaient naturelles. A moins de vouloir se laisser mourir, il faut manger. Un repas est, après tout, chose ordinaire, chose naturelle et normale.

Au contraire, la distribution d'un quart de vin quotidien n'est pas, que je sache, chose rigoureusement utile. A la rigueur, les transportés auraient pu en être privés, s'en passer et vivre aussi bien. A leurs yeux, donc, l'heure du pinard prenait une signification tout à fait particulière. C'était le superflu de leur existence maudite, c'était sa fantaisie, c'était le soleil dans la nuit, c'était, en un mot, la seule chose qui pût encore les différencier des bêtes et leur faire comprendre dans les ténèbres de leur subconscient qu'ils étaient pourtant des hommes.

« Le repas des fauves », disaient les gardiens et l'équipage, en parlant entre eux du repas des prisonniers. Et ils avaient raison. Par de nombreux côtés, en effet, la pâture des bagnards se rapprochait de celle des lions d'une ménagerie. Toutefois, pour l'heure du pinard, c'était bien différent et, pour quelques minutes, les minutes où l'homme quittait sa place pour se rapprocher du seau de vin et boire à quelques pas du gardien, chacun redevenait un être pensant et sachant raisonner, avec tous ses défauts et tous ses vices, sinon ses qualités, avec tout son caractère, tous ses réflexes, toutes ses ardeurs et tout son sang.

Un observateur doublé d'un psychologue n'eût pas été long à définir alors, sans crainte de se tromper, la personnalité la plus cachée des hommes, sans parler du gourmand qui boit trop vite ou de l'ancien gourmet qui, lentement, fait durer le plaisir, que de nuances, que de demi-tons, dans la gamme des caractères !

Celui-ci, jaloux, a son plaisir gâché parce que celui qu'il déteste a les mêmes droits que lui à ce quart quotidien. Cet autre, haineux, nouveau Samson, renoncerait à boire s'il pouvait, du même coup, empêcher de boire l'ennemi qu'il redoute. Un troisième, meilleur, celui-là, donnerait volontiers sa part pour que l'ami, qu'il sait souffrant, puisse en bénéficier et trouver dans sa double ration un supplément de santé et de force.

Mais la règle est formelle : nul n'a droit à plus d'un quart. Même si l'un se dévoue, même si, au fond du seau, il y a suffisamment de « rabe » pour doubler quelques portions.

Alors, pour se venger de la loi implacable, chacun, devant le gardien, tâche à montrer ses sentiments — et les caractères reparaissent.

Celui-ci, sournois, le regarde en dessous ; celui-là ricane ; cet autre, fixement, le regarde bien en face, dans le blanc des yeux ; un autre feint le dégoût... Ah ! que sais-je encore. C'est, je le répète, la gamme la plus complète de toutes les impressions, de tous les sentiments qui, là comme ailleurs, en notre pauvre humanité, n'ont besoin que d'une seconde de défaillance pour réapparaître en pleine lumière, sous la rude clarté du jour.

Depuis trois fois vingt-quatre heures déjà, l'état d'esprit d'un de ses voisins de cage — Ludovic Groslay — ne laissait pas d'inquiéter Lesueur.

Non sans raison, il faut le dire, le forçat évadé trouvait Groslay plus nerveux qu'il eût fallu et en proie à des mouvements qui ne purent longtemps tromper son observateur sur l'état de ses pensées.

Enfin, la disparition d'une cuillère et certain frottement régulier perçu, la nuit, par Lesueur, au cours des longues heures d'insomnie pendant lesquelles il « creusait » ses projets, lui avaient, comme on dit, « mis la puce à l'oreille ».

— Ah ! pensait-il, pourvu que ce salaud-là ne se mette pas à gaffer ! Il a p'têtre son plan lui aussi, mais comme je le connais, il ne réussira à rien qu'à nous faire surveiller davantage... Avec ça que l'gardien nous a déjà pas à la bonne !...

De cet instant, Lesueur passa tout son temps à surveiller Groslay, sans que l'autre s'en rendît compte.

La tâche qu'il s'était fixée était assez facile. Mais où la difficulté commençait, c'était lorsque Lesueur cherchait pour son compte la cuillère disparue. Cette cuillère, aussi bien, ne méritait plus, depuis longtemps, l'appellation de cuillère. Pas encore, cependant, celle de poignard. C'était maintenant un objet sans nom réel, une arme assez rudimentaire, mais qui, après un travail de deux nuits, deviendrait vraiment redoutable. Pendant le jour, Groslay la plaçait entre sa chair et son pantalon, en guise de ceinture. Au moment de la recherche de ladite cuillère, il avait su, à propos, voler celle d'un de ses coprisonniers, tombé malade, depuis, et, à l'heure actuelle, à l'infirmerie. Pour ne pas commencer la traversée par des histoires, le gardien avait, à propos, enterré cette affaire, mais il se défiait particulièrement de cette cage et, comme le pensait Lesueur, il ne l'avait pas « à la bonne ».

Non sans raison, d'ailleurs !

Nul ne connaissait d'ennemi à Groslay, tout au moins d'ennemi assez particulier pour que le condamné pensât à en tirer vengeance. Aux yeux de Lesueur, la cuillère disparue ne pouvait donc avoir été transformée en poignard qu'à la seule intention du gardien Colardi. Il ne se trompait pas.

— Ah ! mais non ! se disait-il, pas de ça, Ninette, pas de ça !...

L'existence du forçat évadé avait désormais une double préoccupation. Non seulement l'homme pensait toujours à son plan, mais il ne pensait pas moins à déjouer celui de Groslay. Il ne fut pas long à le percer à jour.

Ce matin-là, Groslay avait attendu l'heure du pinard avec une agitation extraordinaire. Pour parachever son arme, il avait à peine dormi, frottant patiemment sa cuillère sur le sol briqueté, mais Lesueur, lui, tout à sa surveillance, n'avait point dormi davantage.

— Sûrement c'est pour demain... avait-il pensé. Ah ! mais non !

Une fois encore il ne s'était pas trompé.

Pendant la matinée entière, ses regards n'avaient pas abandonné le bonhomme. Enervé par son insomnie, l'autre, sans le savoir et bien qu'il s'observât, se trahissait incessamment.

— Ah ! il faudra que j'aie l'œil, se répétait Lesueur... il faudra...

Car il se souciait peu de voir s'éclipser, par la faute imbécile d'un révolté maladroit, le dernier espoir qui lui restait encore, et, plus impatiemment que Groslay même, maintenant, il attendit lui aussi l'heure sacro-sainte du pinard.

...Ainsi que chaque jour, les hommes étaient alignés dans le fond de la cage et, suivant la coutume, un à un, ils se rapprochaient du gardien, tendaient leur quart, qu'on leur remplissait, buvaient enfin et regagnaient leur place. Groslay était un des derniers à passer. Grâce à la complicité de Finot et d'un autre, Lesueur avait pu se glisser à côté de lui. Il se rendit bien compte que sa nervosité devenait de minute en minute plus visible et, pour lui, plus inquiétante. Le geste seul par lequel Groslay tenait son pantalon à la hauteur de sa ceinture lui disait clairement que l'homme avait sous les mains le poignard et qu'au moment voulu, il saurait bien le sortir de sa cachette et s'en servir enfin. Et, cela, Lesueur ne le voulait pas.

Aussi, lorsque ce fut enfin le tour de Groslay, l'autre, sans scrupule, tira violemment sur les jambes de son voisin. Le coup fut si brutal que le prisonnier, d'un mouvement réflexe, ne pensa qu'à retenir son vêtement défaillant, tandis que l'arme, prête à être sortie, tomba par terre. Vivement, Lesueur se pencha et ramassa la cuillère transformée, qu'il fit glisser dans sa manche.

— Eh bien, quoi ! Est-ce que ça vient ?... grommelait, là-bas, le gardien, à l'autre bout de la cage.

Tout en relevant son pantalon, dont il tenait la ceinture, Groslay se rapprocha du seau. Pour lui le coup était manqué. Bon gré, il devait en prendre son parti, mais toute la haine qu'il avait accumulée contre Colardi qui, en cet instant, aurait dû râler, un poignard dans la gorge, il la reporta sur Lesueur. Vis-à-vis de son coprisonnier. Il avait maintenant une colère froide, ramassée, terrible. S'il avait en ce moment été seul avec lui, il l'eût volontiers étranglé de ses larges mains d'assassin, sans plus de regret qu'un poulet. Mais il n'était pas seul.

voilà, et la force même avec laquelle il tâchait à se dominer, ajoutait à sa rage. Il n'aurait pu se contenir longtemps. Fort heureusement, sa corvée terminée, le gardien sortit du bagne presque aussitôt. Alors, comme un fauve, Groslay vint s'étendre aux côtés de Lesueur, prostré déjà, et qui feignait de dormir. Puis, entre les dents et serrant les poings :

— Salaud ! râla-t-il, j't'aurai, moi !

— De quoi ? fit l'autre, en se soulevant sur un coude.

Et la façon dont il regardait Groslay devait, en vérité, faire comprendre à celui-ci qu'il saurait, le cas échéant, se défendre.

Ce regard, plus que bien des choses et que bien des paroles, suffit à calmer quelque peu le forçat révolté.

— Pourquoi qu'tu m'as refait ma cuillère ? demanda-t-il alors, un peu plus doucement.

— Te v'la un peu plus tranquille, lui répondit Lesueur. On va donc pouvoir jaser...

Et, sans plus se faire prier :

— J't'ai refait ta cuillère, parce que t'allais faire du vilain...

— Et après ?

— Après ? Fallait pas... Voilà !...

— Et pourquoi donc qu'y fallait pas ? A c't'heure, il aurait son compte, ce salaud de Colardi, et comme on n'aurait pas su qui c'était, y aurait pas grand'chose à craindre.

— Et toi tu caltais ?

— Probable !

— Et puis, après, comme tu dis ?... Tu serais dans la flotte, toi, à c't'heure... Si M'sieur a envie d'servir à déjeuner aux requins, faut pas t'gêner, tu vois, mais c'est pas une raison pour embêter les copains...

— Oh ! les copains !

— Tais-toi, tu sais pas c'que tu dis... Des fois qu't'aurais besoin d'eux...

— Moi ? b'soin des copains ?

— Pourquoi pas ?...

Il y eut un ici un silence lourd de réticences pour impressionner Groslay. Les quelques paroles qu'il venait d'échanger avec Lesueur avaient calmé sa colère. Il était pris maintenant tout entier par les sous-entendus qu'à son insu peut-être l'autre avait mis dans ses explications. Aussi, n'en pouvant plus, ce fut lui qui parla à nouveau.

— Allons, quéqu'tu veux dire ? Dégoise... Lesueur, alors, se décida.

— Ecoute, lui dit-il d'une voix si basse que Groslay pouvait à peine la percevoir, écoute, t'es un gars à la r'dresse, toi, tu viens de me l'montrer, aussi je vas tout te dire.

Puis, après une seconde encore d'hésitation.

— Moi aussi, j'pense à quéque chose... mais mieux qu'toi... tu comprends... mieux qu'toi...

— Ah ! dégoise ! implora Groslay qui, à nouveau, subjugué par l'autre, connaissait l'espoir...

— Non, dit l'autre. J'ai rien à dégoiser. J'ai qu'une chose à te dire. Tiens-toi peinard et tiens-toi prêt, c'est tout.

A l'accent de Lesueur, Groslay comprenait parfaitement que, quelles que fussent ses questions ou ses implorations, l'autre ne lui en dirait point davantage. Il fallait qu'il se contentât de ces brèves explications. D'ailleurs, Lesueur ajoutait encore :

— Tout ce qu'y faut, c'est qu'tu sois sage, tu comprends, pour pas attirer l'attention. T'as saisi ?

— Gy ! répondit Groslay.

Et après un instant :

— Mais alors, rends-moi ma cuillère.

— Non, refusa Lesueur. J'la garde. J'serai plus tranquille. Et puis, tu vas la boucler, hein, maintenant, ou sans ça, y aura rien d'fait !

Groslay se le tint pour dit. Il s'étendit à nouveau, de tout son long, sur le sol.

Mais tout au fond de son cerveau obscurci par l'insomnie et la fatigue, il se demandait encore si tout ce que venait de lui dire son voisin correspondait bien à une réalité et si Lesueur vis-à-vis de lui n'avait pas fait des « magnes » dans le seul but de garder le poignard.

V

LA DERNIÈRE INSPECTION

Depuis l'inspection des cages passée par le commandant alors que le *Martinière* étaient en vue d'Alger, les bagnards n'avaient plus revu ni le capitaine, ni aucun de ses sous-ordres. La plupart ne s'en plaignaient point. Moins on voyait les chefs et mieux cela valait. Le fait de ne pas avoir à préparer une nouvelle inspection les réjouissait inconsciemment.

Toutefois, tous ne connaissaient point semblables sentiments. D'aucuns même maintenant parmi les transportés attendaient une visite du capitaine Bonnet avec fièvre et impatience. Ils ne redoutaient qu'une chose : c'est que le commandant eût renoncé à les inspecter encore. Or, au nombre de ces derniers se trouvaient, parmi quelques autres encore, parmi quelques hommes en qui ils avaient eu confiance, Lesueur, Finot, Goldini et Groslay.

Tous leurs espoirs, toute leur vie, pourrais-je dire, s'étaient concentrés sur l'attente de la « revue de détails » qu'allaient, un jour ou l'autre, annoncer les gardiens. Depuis douze fois vingt-quatre heures déjà le bateau avait quitté la terre. Encore à peu près ce même temps, et ce serait l'abordage à la Guyane, là où désormais tout espoir d'évasion ne serait plus permis — jamais.

Ah ! certes, si le commandant avait pu s'imaginer, deviner ou savoir quels projets nourrissaient ces bagnards de la cage Lesueur dont il se félicitait *in petto* de la docilité relative, sans doute eût-il renoncé à la seconde inspection qu'il avait l'intention de passer le lendemain de ce beau matin printanier. Mais il ne savait pas, le capitaine Bonnet, il ne pouvait pas savoir. Pour une fois, le secret avait été bien gardé. Ni aux oreilles des gardiens, ni à celles de l'équipage, et moins encore des chefs, rien n'avait, si peu que ce fût, transpiré des idées des anciens forçats. Même, en apprenant par Colardi d'avoir à se préparer pour l'inspection qu'allait passer le chef, ils surent conserver un tel calme et un tel aspect d'indifférence que des gens avertis eux-mêmes eussent pu douter encore...

N'ayant plus que quelques heures à patienter, les chefs de l'insurrection décidèrent alors de risquer le tout pour le tout, c'est-à-dire de mettre peu ou prou au courant tous les habitants de la cage. S'il y avait des faux frères, ils sauraient aussi bien se déclarer au moment même où l'on aurait besoin d'eux qu'en allant moucharder d'avance. Aussi bien, ils n'en auraient peut-être plus le temps, l'inspection générale ayant été annoncée pour le lendemain matin, avant l'heure du pinard.

La dernière nuit tout entière fut passée en préparatifs. De hamac à hamac, les transportés se transmettaient l'un à l'autre des ordres, des indications plutôt, venus d'un poste de commandement qui restait encore mystérieux, mais que l'on devinait assez facilement. Ces ordres étaient simples. Ils pouvaient assez bien se résumer ainsi :

— Dès que vous verrez qu'il y a du vilain dans la cage, vous en sortirez en masse par la porte laissée ouverte et vous vous précipiterez sur les gardiens de service dans le carré des bagnes.

Quelques-uns, parmi les prisonniers, complètement hébétés, semblaient ne pas comprendre ce que l'on attendait d'eux. C'étaient ceux-là les plus dangereux, car, au moment décisif, il serait à craindre peut-être que la violence des autres fût atténuée sinon arrêtée même par l'inertie des gens que plus rien — même la liberté — ne pouvait intéresser.

— Il faut avoir confiance, répétait incessamment Lesueur à ses compagnons. J'suis d'jà venu une fois, moi, et j'sais comment qu'ça aurait pu s'passer. D'puis dix ans, je r'grette d'avoir pas eu le culot la première fois. Mais d'main je recommencerai pas à être aussi gourde qu'j'ai été. Ah ! non... à c't'heure-ci, ou j'serai coffré dans la cale, ou j'serai crevé mort, ou j'serai libre, les gars, vous m'entendez, et vous aussi ?... Vous comprenez bien ce que ça veut dire, dites, ça ? Libres ! Libres !...

Il devait se retenir pour ne point donner cours à une exaltation qui, vue par les gardiens, et surtout par Colardi, toujours un peu sur ses gardes depuis l'histoire de la cuillère eût pu tout déranger ; mais, non, dans le brouhaha de la préparation, nul ne s'aperçut du regard fébrile et brillant de Lesueur, forçat évadé et âme d'une révolte à quoi aucun de ceux qui avaient la responsabilité du bateau ne s'attendait, hélas !

De même que la première fois, le capitaine Bonnet se présenta dans la cage, presque aussitôt le café bu. Comme la première fois aussi, il n'était accompagné que de son second, Mauperthuis, de Daniel, le docteur du bord, et d'un seul surveillant. Alignés sur quatre rangs, les hommes attendaient, parfaitement silencieux derrière leurs grilles, dont les portes étaient ouvertes.

Pas un mot — un calme de tombe planait.

Et cependant, sombre pressentiment, dès qu'il eut franchi la porte de la cage, le capitaine Bonnet connut dans l'espace d'une seconde une angoisse indéfinissable et telle que jamais il n'en avait jusqu'alors entrevue de semblable au cours de sa déjà longue carrière. De sortir son revolver et de faire au hasard feu sur ces hommes qui, pourtant, paraissaient si calmes, il eut un instant la pensée. Mais non. C'était impossible. On l'eût pris pour un fou, et plus tard, devant les déclarations de ses sous-ordres et des survivants, comment eût-il pu expliquer la minute d'aberration qui aurait fait de lui le plus lâche des criminels, puisqu'il se serait attaqué à des gens sans défense ?

Sans défense ? Peut-être pas autant qu'on aurait pu le croire. Mais Bonnet, je le répète, ne pouvait obéir à une simple impression fugitive, d'ailleurs. Il commença son inspection.

. . . .

Que se passa-t-il exactement, alors ?

J'avoue sans honte que les faits se passèrent avec un tel ensemble et surtout une telle rapidité, que je vais avoir bien du mal d'en donner la narration en ces modestes lignes. Les trois forçats évadés s'étaient partagé la première besogne, la plus difficile, celle qui, en somme, demandait le plus de décision, de coup d'œil et de courage, et de quoi allait dépendre la suite même des événements, avec une fougue et une rage proprement animales et exacerbées encore par des années de soumission passive. Lesueur s'était précipité sur le commandant Bonnet dans le même temps qu'avec non moins de férocité et de violence, Finot s'était jeté sur Mauperthuis, Goldini sur le major et Groslay sur le surveillant Colardi. Il n'y eut point de

lutte — ou à peine. Les hommes n'étaient pas armés, mais la précipitation même de l'attaque avait empêché les chefs de pouvoir esquisser même un geste de défense. Saisis à la gorge par les mains puissantes des bagnards, ils râlaient déjà, étranglés, sur le plancher avant même d'avoir eu seulement conscience de ce qui leur arrivait. Un seul des prisonniers eût-il hésité, tout était manqué et tout était perdu , mais aucun ne faillit à la mission qui lui avait été assignée par Lesueur. A peine l'attaque dura-t-elle trois minutes, mais n'eussent été la sauvagerie et le résultat de cette attaque, j'oserais dire, tant elle fut brillamment exécutée, que le coup d'œil en fut vraiment pathétique et magnifique : quatre hommes qui se jettent sur quatre hommes. A peine quelques secondes de lutte et, déjà, sur le sol, le sang qui coule...

Tout d'abord, les autres qui, jusqu'à la minute même de la révolte, s'étaient peu ou prou refusés à y croire, demeurèrent sidérés. Les indications qu'on leur avait données, ils les avaient perçues dans une sorte de rêve dont ils n'étaient pas sortis encore.

— Dès que vous verrez qu'il y a du vilain dans la cage, vous sortirez en masse par la porte laissée ouverte et vous vous précipiterez sur les gardiens de service dans le carré des bagnes.

Entendus pendant la dernière nuit et bien que répétés à loisir de hamac à hamac, ces mots n'avaient correspondu à rien en leurs esprits ensommeillés sinon peut-être, pour quelques-uns, à quelque grosse galéjade à jamais irréalisable.

— Vous vous précipiterez sur les gardiens de service dans le carré des bagnes... Non mais, sans blague, s'étaient-ils dit, s'ils croient qu'c'est si facile que ça !...

Et voici, cependant, que la chose irréalisable devenait tout à coup possible. N'avaient-ils point, là, devant les yeux, les quatre chefs du *Martinière* à jamais endormis et désormais sans défense ?

Alors, après les quelques secondes de surprise angoissée qui les laissa immobiles et aussi bien alignés que si l'inspection était réelle encore, un souffle d'ouragan sembla brusquement briser les quatre rangs. Avec de grands cris d'animaux subitement en proie à une exaltation féroce, les hommes se jetèrent sur la porte. Ce fut une bousculade folle. D'aucuns tombèrent. Les autres, sans s'en soucier, voire, sans s'en apercevoir, les piétinaient furieusement pour sortir plus vite de la cage. Maintenant, les cris de révolte se doublaient de cris de souffrance. Mais ce n'était encore qu'un début, car un peu plus loin, dans le carré des gardiens, le vrai carnage commençait seulement.

Combien de temps dura-t-il, ce carnage ? Il est à peu près impossible d'en évaluer la durée. Les habitants des autres cages, délivrés à leur tour, se joignaient à leurs compagnons sans comprendre encore ce qui se passait. Sans grande raison ni but véritable, ils se jetaient dans la mêlée pour le seul plaisir animal de se battre. L'odeur de la poudre, le bruit des balles que maint gardien tirait dans le tas au hasard s'ajoutaient à l'odeur du sang et aux hurlements des fauves. Le bateau entier était en révolte. Le pont supérieur où avaient pu parvenir les hommes ressemblait maintenant à un véritable champ de bataille. Des bagnards éventrés jonchaient le plancher, à côté de gardiens étranglés. Des râles de souffrance et d'agonie s'élevaient de toutes parts. La folie contagieuse du meurtre se communiquait de l'un à l'autre des transportés avec la rapidité d'un fléau que plus rien désormais ne semblait pouvoir arrêter. Sans savoir ce qu'ils faisaient, les transportés se jetaient les uns sur les autres et luttaient rageusement jusqu'à ce que l'un des deux, à bout de forces, succombât. D'autres, réellement devenus fous, se jetaient à la mer. D'autres encore se mutilaient, furieux, ou se transperçaient eux-mêmes de leur cuillère transformée en poignard en vue d'autres usages. C'était un spectacle de plus en plus affreux et de plus en plus tragique dont nul n'aurait su dire quand il s'arrêterait et dont nul au surplus ne se préoccupait de refréner l'horreur.

Commencée environ à sept heures du matin par l'étranglement sauvage du capitaine Bonnet, de Mauperthuis, de Daniel et de Colardi, la lutte, chaque instant plus âpre et plus odieuse, se poursuivit jusqu'à près de trois heures après midi. A ce moment la fa-

tigue des hommes était telle que, n'en pouvant plus, ils se jetaient à terre, comme des loques. Un soleil magnifique dardait ses rayons sur le champ de bataille, où déjà de grosses mouches affreuses s'en venaient voler à l'entour des cadavres. Quelques-uns des bagnards qui n'avaient encore rien compris, craignant d'être punis — ou je ne sais quoi de pire — regagnaient sagement leurs cages, tout surpris de n'y retrouver que de larges coulées de sang coagulé et des hommes qui râlaient à côté des corps inertes de ceux qui étaient déjà morts. Hébétés, les yeux désorbités, ils considéraient peureusement la vision infernale, et incapables dans leur effroi de prendre une décision, ils s'étendaient à leur place habituelle, tandis que d'autres, lamentables fous, erraient encore à travers le bateau en hurlant à la mort ou en proférant sans arrêt des paroles inintelligibles.

... Ce n'est qu'à la nuit tombante qu'un peu de calme et de repos descendirent sur le *Martinière*. Sa pauvre cargaison de bagnards s'était à peu près transformée en une cargaison d'aliénés où, seuls, une cinquantaine de prisonniers conservait sa raison entière. Ceux-là, au nombre desquels se trouvèrent les organisateurs de la révolte, se réjouissaient d'une réussite que dans leurs rêves les plus fous ils n'avaient jamais osé espérer si complète. Libres ! ils étaient libres !

Mais, au milieu de l'Océan, qu'allaient-ils pouvoir faire d'une telle liberté ?

Ni Lesueur, ni Finot, ni Goldini ne se le demandèrent encore. Ils n'avaient point mangé depuis la veille. Ils se mouraient de faim.

— Bah ! on verra bien demain, dit Lesueur, pour le moment, il s'agit de croûter. D'après la brève inspection que je viens de faire — et il ricana en prononçant ces mots — ni les hommes de chauffe, ni les cuistots n'ont bougé de leurs postes. Ils ont eu raison, les gaillards, car sans ça... où seraient-ils à c't'heure ?

Les trois chefs de la révolte s'emparèrent alors des revolvers qu'ils avaient pris sur les cadavres des gardiens et, leurs armes à la main, ils descendirent à la cuisine.

DEUXIÈME PARTIE

LE FORÇAT 4646

I

VIE NOUVELLE

Le soleil avait peu à peu décliné à l'horizon. Au crépuscule de cette journée tragique, ses derniers rayons jetaient sur le pont du bateau de longues traînées rouges qui, jointes aux rigoles de sang, ajoutaient encore à l'horreur du spectacle.

Cependant, errant parmi les cadavres étendus, Lesueur, Finot et Goldini avançaient doucement. Tous trois étaient indemnes. Ils considéraient non sans une joie secrète le résultat positif de longues années de réflexions : le succès de leur entreprise avait dépassé leurs plus belles espérances.

— Pour l'instant, dit Lesueur qui prenait de plus en plus les allures d'un commandant, il s'agirait d'aller nous reposer. Demain, nous nous réunirons pour discuter à tête reposée de ce qu'il y a lieu de faire...

En effet, si, débarrassés de chefs et de gardiens, les bagnards survivants étaient libres, ils n'en était pas moins vrai qu'ils voguaient en plein Océan, désormais sans but et peu ou prou à la merci des flots.

Trop fatigués pour réfléchir encore à leur situation exacte et pour faire autre chose que d'avaler leur soupe, les trois hommes allèrent s'enfermer dans la cabine du capitaine, où ils s'assoupirent comme des brutes.

Lesueur, dès six heures du matin, se réveilla le premier. Instigateur de la révolu-tion et chef des insurgés, il ne se dissimulait point que le fait même d'avoir osé ce qu'il avait osé l'accablait, vis-à-vis des autres, de responsabilités. Maître absolu de la situation, il se considérait comme le véritable capitaine. Et tout de suite, il se mit au travail.

Tout d'abord, il descendit dans les cages où les hommes, par habitude, avaient été dormir dans leurs hamacs respectifs. Il en réveilla une dizaine dont il se fit accompagner. Puis, suivi de sa corvée, il lui ordonna de dévêtir tous les cadavres appartenant à l'équipage afin de pouvoir se constituer une garde-robe et de pouvoir revêtir enfin un autre costume que celui de bagnard. Sitôt le travail accompli, le dépouillé était jeté à la mer.

Désemparés par la situation nouvelle dans laquelle ils se trouvaient et à peu près terrorisés par Lesueur qui, le revolver à la main, s'agitait derrière eux en leur jetant ses ordres, les hommes obéissaient sans chercher à comprendre. Depuis si longtemps enfermés dans les geôles, ils n'avaient pu encore prendre vraiment conscience de la réalité. Et aussi soumis que si d'un instant à l'autre les chefs, morts, pouvaient revenir, ils n'avaient, en réalité, fait que changer de gardiens.

La funèbre besogne était interminable. Elle demandait un effort physique auquel les bagnards n'étaint plus accoutumés. Lesueur, plusieurs fois, dut changer les hommes de corvée qui se fatiguaient d'autant plus que, non content de faire jeter les cadavres à la mer, leur nouveau chef les obligeait à y jeter également tous les hommes blessés qu'ils fussent ou non de l'équipage. En vue de la vie nouvelle dont il ignorait tout encore, l'ancien forçat ne voulait avoir avec lui que des passagers parfaitement valides.

Le revolver toujours menaçant empêchait les bagnards d'hésiter. Aussi bien, toute sensibilité était en eux morte depuis longtemps. Qu'importe ! S'ils avaient pu comprendre, ils eussent reculé d'horreur devant l'immonde besogne que Lesueur exigeait d'eux et qui, exécutée froidement et sans même la vague excuse qu'avait pu être la veille l'exaltation de la révolte, dépassait en lâcheté tout ce que le cerveau humain est capable de concevoir.

L'hécatombe n'en finissait pas. A chaque instant et partout, dans les endroits et les recoins les plus inattendus, Lesueur découvrait de nouveaux blessés qui râlaient désespérément. Ah ! ce n'était pas long avec lui !

— Allons ! criait-il, deux hommes, par ici... et débarrassez-moi de « ça » !

Maintenant, en effet, tous les hommes travaillaient. Les derniers arrivants, à leur tour réveillés, étaient aussitôt enrôlés. Finot et Goldini, à l'instigation de Lesueur, avaient formé eux aussi des équipes. Dès qu'un endroit était débarrassé, ils le faisaient nettoyer à grande eau, non certainement poussés par un trop vif besoin de propreté, mais simplement parce qu'ils craignaient que les mauvaises mouches des tropiques, attirées par les odeurs et par la saleté, ne leur apportassent le typhus.

Ah ! le *Martinière* offrait à cet instant un singulier spectacle et en apercevant tous ces hommes s'agiter et travailler sur le pont du bateau, nul n'eût pu s'imaginer qu'il se trouvait en présence d'un équipage de bagnards révoltés qui venaient de jeter leurs gardiens à la mer !

Aussi bien, à l'intérieur même du vapeur, rien n'avait été changé. Les hommes de cuisine continuaient à assurer l'alimentation des passagers et les chauffeurs continuaient à chauffer. Quant à l'homme de barre, épargné lui aussi jusqu'alors, esclave du devoir et sans se préoccuper de ce qui s'était passé, il poursuivait sa route, sa route vers la Guyane, inéluctablement.

Revêtu de l'uniforme du capitaine Bonnet, Lesueur se trouvait magnifique. A la vérité,

s'il remplissait assez mal cet uniforme trop étoffé pour lui, la livrée militaire lui donnait une allure martiale et parvenait, surtout, à en imposer aux autres. C'était tout ce qu'il demandait.

Bien que le vieux proverbe : « L'habit ne fait pas le moine » ait encore ses partisans, il est juste de reconnaître que si tout se passa à peu près bien à bord du *Martinière* au lendemain de la révolte, c'est beaucoup aux « habits » qu'il faut attribuer l'entente des dirigeants.

Lesueur, je le répète, avait revêtu l'uniforme de Bonnet, Finot celui de Mauperthuis, Goldini celui de Daniel et Groslay enfin la vareuse de Colardi. Ainsi, tout naturellement et sans la moindre discussion, venait de se reconstituer l'état-major du bateau, Lesueur en étant le commandant suprême, Finot son second, Goldini le médecin du bord et Groslay le chef surveillant.

Avec de la bonne volonté — et de loin — les quatre hommes faisaient encore assez bien illusion. Ils prenaient leur rôle au sérieux, mais, comme on dit, n'étaient pas fiers. Ils prenaient leurs repas avec les autres bagnards et s'ils ne quittaient jamais les revolvers qu'ils avaient hérités, c'était simplement pour enlever à leurs camarades toute idée d'agir avec eux comme ils avaient, eux, agi avec le premier état-major.

Quelques jours passèrent ainsi, assez agréables, en somme. Tout semblait aller à merveille. Le temps était magnifique. La mer était douce et tranquille. Les bagnards, soumis, paraissaient heureux de leur nouveau sort et ne se plaignaient de rien. Des cuisines, montaient régulièrement des repas sobres mais suffisants. Le *Martinière* avançait parmi un calme souvent enchanteur. Sans se préoccuper de rien d'autre que de bien vivre, les trois chefs, étendus sur le pont, fumaient béatement les cigares des morts, et, la conscience tranquille, ils croyaient vraiment peut-être pouvoir à tout jamais poursuivre cette exquise croisière...

————

II

PAUL GERVAIS

Si la plupart des transportés, habitués depuis de longs mois à ne point réfléchir, se laissaient simplement vivre sans la moindre réaction, ainsi que des animaux, quelques-uns cependant n'avaient point perdu pour jamais leur sens critique et leur esprit.

Ceux-là ne laissaient point d'être inquiétés par la suite de l'aventure et ce n'est point sans crainte qu'ils envisageaient l'avenir.

C'est au nombre de ces derniers que se trouvait le condamné Paul Gervais.

Ce Paul Gervais n'avait point quarante ans. Beau garçon, bien découplé, très fort, il avait de surcroît une physionomie infiniment sympathique et qui ne manquait point d'esprit. Prisonnier soumis, il avait sans doute fait une fois pour toutes le sacrifice de sa liberté. Jamais, en effet, et pas plus en prison qu'au dépôt de Saint-Martin ou que sur le *Martinière*, on ne l'avait entendu se plaindre de quoi que ce fût.

Tout pour lui était bien, tout pour lui était bon.

Aussi bien, sa docilité et sa résignation n'avaient point tardé à désigner cet homme à la bienveillante attention de ses chefs. Homme de corvée, il jouissait peu ou prou de quelques infimes libertés, et, en un mot, mille différences impondérables souvent, mais réelles, séparaient cet homme des autres bagnards.

Sa soumission parfaite et sa sagesse avaient eu pourtant le résultat, moins agréable pour lui, de le désigner aussi à l'attention de ses coprisonniers. Mais cette attention-là était loin d'être bienveillante ! Au contraire ! Aux yeux des autres, Gervais passait pour un mouchard. De prime abord, Lesueur l'avait écarté de ses confidents et si, bien malgré lui, l'homme avait été acteur dans la révolte générale, il n'est pas exagéré de dire que ce fut sans plus de plaisir que de regret. Pour lui, je le répète, tout paraissait bien et bon et rien, semblait-il, ne serait jamais assez puissant pour faire sortir le malheureux de la morne indifférence dans laquelle il vivait.

Cependant, si résigné fût-il, il paraissait depuis la révolution être un peu sorti de son rêve — et, à l'écart des autres, il réfléchissait non sans tristesse, dépit, regret et amertume.

. . . .

— Il n'est que trop clair, hélas ! pensait-il, que je n'ai fait que changer de tortionnaires, avec cette différence pourtant que mes maîtres d'hier possédaient une valeur et que ceux d'aujourd'hui ne sont que des bandits, de terribles bandits... comme moi ! ajoutait-il, non sans se sentir le cœur gros. Or, que va-t-il advenir de nous, maintenant ? Dieu seul le sait ! La semaine dernière, je savais où j'allais : au bagne, et quelque affreuse que fût cette extrémité, elle me satisfaisait, d'abord parce que déjà j'étais fait à cette idée, ensuite parce qu'avec une bonne conduite et de la persévérance tous les espoirs m'étaient permis. Mais maintenant... maintenant ?...

A la vision désespérante du sort vers lequel il allait, Gervais fermait les yeux. Le visage enfoncé dans la paume de sa main, il demeurait pendant de longs instants rêveur. Puis, courageux, il reprenant enfin le fil de ses idées.

— Oui, que va-t-il advenir de nous, maintenant ? Les provisions de ce bateau ne seront pas inépuisables ! Nous avions au départ du charbon et des aliments pour une vingtaine de jours, et bien que l'effectif des passagers ait terriblement diminué, nous ne resterons pas longtemps avant d'apercevoir la fin de nos réserves. Sans charbon, nous irons à la dérive. Sans aliments, les forçats affamés s'entre-tueront à nouveau poussés qu'ils seront par la folie de la faim. Ah ! en vérité, beaux jours en perspective, mais que faire ?

La pensée de monter sur le pont ou dans la cabine du commandant pour parler à Lesueur tourmentait l'esprit de Gervais depuis le premier instant. Mais comment serait-il reçu ? Le revolver que le maître du bateau tenait constamment à portée de sa main était de nature à faire réfléchir, et si entreprenant qu'il fût, le prisonnier réfléchissait avant d'aller, gratuitement, risquer sa misérable vie.

Cependant, plus le transporté Gervais approfondissait la situation, plus il se rendait compte que, seule, la mort, et une mort plus ou moins terrible, était au bout de l'aventure : mourir de faim, périr dans les flots s'il se jetait à la mer, telles étaient encore les alternatives les plus douces. En effet, que le *Martinière* fût abordé par un autre bateau ou vînt s'échouer sur un rivage, c'était être, à bref délai, repris par les autorités françaises. Dès lors, il aurait assez peu de chances, n'est-ce pas, pour que les survivants, sommairement jugés — et dans quelles conditions ! — échapassent à la guillotine ? Comment, en effet, établir vraiment les culpabilités et savoir exactement lesquels d'entre les forçats avaient porté le coup fatal aux trois officiers du bateau ?

Plus Gervais se laissait emporter par ces pénibles anticipations, plus il se rendait compte qu'il était fou d'espérer encore quelque chose de bon pour lui. Et pour la première fois depuis des mois et des mois, pour la première fois depuis qu'il avait franchi entre deux gendarmes le porche d'une prison, son beau courage l'abandonna et aussi le stoïcisme dont il s'était fait, à travers les pires souffrances morales, une règle de conduite immuable et une vertu quasi régénératrice vis-à-vis de sa conscience.

— Bah ! conclut-il enfin, une balle de revolver de Lesueur et c'en sera à tout jamais fini avec cette existence maudite. Mais au moins, je mourrai tranquille, avec la conscience d'avoir fait mon devoir jusqu'au bout !

Et, sans attendre davantage, il monta sur le pont.

Lorsqu'il y arriva, Lesueur et ses deux lieutenants, enfoncés dans de profonds fauteuils transatlantiques, qu'ils avaient sortis des cabines, fumaient tranquillement en contemplant le paysage féerique qui se déroulait sous leurs yeux. A tout autre moment, la vision des trois bagnards costumés tant bien que mal en officiers français eût pu porter à rire. Mais Gervais, bien que le tragi-comique fût loin de lui échapper, ne s'arrêta point à semblables détails. Il avança vers le coin où étaient affalés les trois hommes. Il s'arrêta à quelques pas d'eux, puis

il se mit au garde à vous et fit correctement le salut militaire.

Cette attitude respectueuse fut loin de déplaire à Lesueur. Elle lui donnait l'impression d'être véritablement un chef et de mériter vraiment les égards qu'il recevait de la part d'un simple forçat. Il se sentit d'autant plus orgueilleux qu'il savait ne rien avoir à craindre. Il connaissait le caractère soumis et pacifique de Gervais. Il savait que l'homme n'était pas aimé et qu'il pouvait sans aucun risque jouer au dictateur avec lui.

— De quel droit, commença-t-il sur un ton hautain et rogue, de quel droit viens-tu me déranger, numéro 4646 ?

C'est avec intention, pour bien lui démontrer son infériorité, que Lesueur n'avait appelé Gervais que par son matricule. Ainsi, tout de suite l'homme comprendrait, s'il en était besoin, toute la distance qui existait entre le maître et lui.

Mais cette réception n'intimida point Paul Gervais. Il s'attendait trop aux façons d'être de Lesueur, sinon même à de pires, pour en être surpris. Le seul fait aussi de n'avoir point reçu encore la balle de revolver qu'il avait redoutée, lui redonnait du courage.

— Je ne voulais point et je ne pensais point vous déranger, chef ! répondit l'homme avec simplicité. Si cela est, je reviendrai vous parler au moment que vous voudrez et que vous voudrez m'indiquer.

L'accent soumis de Gervais tout autant que l'appellation de « chef » dont il venait d'être, contre toute attente, gratifié, apprivoisa Lesueur.

— Je n'aime pas beaucoup, fit-il pourtant encore assez rudement, être troublé dans mes réflexions, mais enfin, puisque tu es là, reste. Que me veux-tu, 4646 ? Allons, parle !

Le ton gouailleur et rauque rassura un peu le forçat.

— Cela s'annonce moins mal peut-être que je ne le craignais, pensa-t-il.

Et toujours au garde à vous, il commença de parler.

— Tout d'abord que je me présente à vous, chef ; Gervais, Paul...

Mais l'autre l'interrompit :

— Oh ! c'est bien inutile, mon gars ! J'te connais, j'te connais aussi bien que si j'étais quasiment ton père... Tu t'appelles Gervais, Paul, tu viens d'me l'dire, mais je l'savais ! Et, de plus, j'peux ajouter qu't'as été condamné à vingt ans d'turbin forcé parce qu'on n'a pas pu retrouver ton amie qu't'as été assez malin pour faire griller complètement dans le fourneau de ta cuisinière...

A la brusque évocation de sa condamnation, les joues de l'homme s'empourprèrent. Un voile de brouillard s'étendit devant ses yeux. Il serra violemment les poings, mais il ne répondit rien.

— T'as encore de la veine dans tes malheurs, poursuivait d'ailleurs Lesueur. Si on avait pu retrouver quoi que ce soit de la bonne femme, dans les cendres, une mèche de cheveux ou un os du p'tit doigt, tu n'y coupais pas et à c't'heure t'aurais déjà fait l'grand voyage... Ah ! tu sais y faire, toi ! C'est pas comme moi, mais, moi, c'est p't'être plus franc ! La vieille que j'ai occis, on l'a retrouvée tout entière...

Et satisfait sans doute de ce qu'il venait de dire, l'homme se mit à rire, à gros éclats.

Cependant, tandis que Lesueur parlait, il était facile de suivre sur le visage de Gervais les crispations de ses muscles. L'homme souffrait visiblement de ce que l'autre lui disait, mais, cette fois encore, il sut se dominer et fut assez fort pour trouver le courage de ne pas dire un mot. Au surplus, c'était vrai ce que l'autre avait dit. Il avait frôlé la peine capitale et ce n'est pas après avoir failli être guillotiné que le condamné, par ses imprudences, eût accepté de tomber sous la balle du revolver que Lesueur, sans doute, dissimulait dans sa poche.

— Et alors ? reprit le chef, lorsque l'expression de sa gaieté se fut un peu apaisée. Et alors, que voulais-tu me dire ?

— Mon Dieu, répondit Gervais sur le même ton de simplicité que quelques instants plus tôt, pour être un bagnard on n'en est pas moins un homme, chef ! J'ai fait naguère, quand j'étais jeune, quelques études et j'ai pris ainsi l'habitude de réfléchir un peu, d'approfondir les faits...

— Allons, vite, au fait ! cria Lesueur.

— J'y arrive, chef ! et pour tout vous dire crûment, l'avenir de ce bateau et, partant,

notre propre avenir, ne laisse pas de m'inquiéter un peu... sinon même beaucoup... La provision de charbon est loin d'être inépuisable et celle des vivres doit, elle aussi, baisser considérablement... Je voulais donc simplement vous demander, chef, et très respectueusement, si vous aviez formé quelque projet ?... Nous ne pouvons penser, n'est-ce pas, voguer éternellement ? Il faudra donc, un jour, ou aborder quelque part, ou nous laisser mourir de faim, à moins de nous jeter à l'eau... C'est pourquoi, chef, très respectueusement, je vous le répète...

Contrairement à ce qu'il attendait, Lesueur ne lui répondit point. Tout d'abord, chef, il avait eu la pensée de renvoyer Gervais, de lui crier sans fard qu'il se moquait de ses idées et qu'il n'avait que faire de ses suggestions saugrenues. Cependant, quoi qu'en eût le bandit, il était impressionné par l'accent sérieux et grave de cet homme dont, bon gré mal gré, il reconnaissait en son for intérieur la supériorité. Qui sait ? Un jour, bientôt peut-être, pourrait-il avoir besoin de son aide et de son secours ? Mieux valait le ménager.

— C'est bien, Gervais, lui jeta-t-il, mais je ne t'ai pas attendu pour réfléchir... ni pour prendre des décisions. T'en fais donc pas pour nous... En attendant, motus pour les camarades, car j'tiens pas à c'qu'y viennent chacun leur tour me barber... Tu peux te retirer...

Avant d'obéir à son nouveau chef, Gervais joignit les talons et salua militairement. Puis il fit demi-tour.

Mais il était loin, bien loin d'être rassuré, par ce que venait de lui dire Lesueur.

III

CONSEIL DE GUERRE

A la vérité, depuis la révolte, depuis qu'il s'était nommé lui-même capitaine du *Martinière*, Lesueur n'avait pas beaucoup — pas du tout, même — envisagé l'avenir. Devant Gervais, il avait crâné. Aussi bien, les paroles du bagnard devaient avoir en son esprit un long prolongement, ainsi d'ailleurs que dans l'esprit de Finot et de Goldini, qui, sans en perdre un mot, venaient d'assister, silencieux, à l'entretien des deux hommes.

Quand ils se retrouvèrent seuls, les trois récidivistes continuèrent de fumer et pendant un temps assez long ils gardèrent le silence. Toutefois, ils n'étaient plus aussi sûrs d'eux-mêmes. La peur les glaçait. Le spectre de la faim plus terrible peut-être que la faim elle-même se dressait devant eux et déjà une petite sueur froide perlait doucement à leurs tempes.

— N'a pas tout à fait tort, Gervais, dans c'qu'il vient de dégoiser, dit enfin Finot en se retournant vers Lesueur. Faudrait p't'être bien voir à aviser...

Un sourd grognement lui répondit.

Cependant, l'homme comprenait que le rôle qu'il s'était attribué lui donnait vis-à-vis des autres de lourdes responsabilités. Il savait qu'il avait désormais charge d'âmes. Il savait surtout que, devant son inertie, les autres, pris de panique, auraient tôt fait, réunis, de lui assurer le même sort qu'il avait lui-même réservé à Bonnet. Il fallait qu'il fît quelque chose, n'importe quoi, mais quelque chose. Et tout d'abord, la prudence lui ordonna d'associer à son sort les deux qui l'entouraient.

— Y a qu'à voir à nous concerter, leur dit-il. Nous sommes quasiment associés. En parlant entre nous, comme ça, en copains, on verra mieux... Vous êtes malins, les potes !...

C'était évidemment un abandon de pouvoirs et presque une abdication. Mais les autres, flattés, ne s'en aperçurent point. Dominés par Lesueur, ils avaient jusqu'alors ignoré peut-être leurs forces. Ils avaient l'impression de le reconquérir.

— Faudrait d'abord savoir où nous allons comme ça ? fit Goldini.

— Sans compter qu'on n'doit p't'être plus être bien loin de la Guyane, dit alors Finot.

— Et de toute façon, ça n'serait pas une affaire que d'arriver comme ça, sans les chefs, et sans les copains, pour se faire ramasser en douce, conclut Lesueur qui savait exprimer ainsi l'opinion de ses camarades.

Aussi ignorants les uns que les autres des choses maritimes, ils se rendirent bientôt

compte que, seuls, ils ne pourraient rien faire. Ils décidèrent de faire venir à eux l'homme de barre. Lui pourrait les aider. Pendant le temps qu'ils lui parleraient, ils le feraient remplacer par quelqu'un de confiance. Groslay, en l'espèce, était tout désigné.

... Le vieux marin ne paraissait pas ému par le conseil de guerre qui venait de le convoquer. Il offrait le type du vieux loup de mer : rien ne pouvait plus l'effrayer. Lentement, les mains calleuses dans ses poches, il avança en tanguant dans la direction des trois hommes. A la vérité, ceux-ci étaient sans doute plus impressionnés que le pilote du bateau. Ils connaissaient la valeur professionnelle de ce vieux serviteur, et tout bagnards qu'ils fussent, ils se ne laissaient point de se sentir dominés par le regard glauque de l'homme tout chargé de reproches. Toutefois, ils s'efforcèrent de masquer leurs sentiments. Et en exagérant leur bonne humeur :

— Eh bien ! l'homme ? dit Lesueur.

— Ça va toujours comme tu veux ? questionna Finot.

— Ça boulotte, quoi ? ajouta Goldini.

Cependant, le marin ne paraissait pas très sensible à ces marques d'amitié ou tout au moins à ces avances.

— Quand on fait son devoir, ça va toujours, déclara-t-il dans sa courte barbe de mathurin, mais assez haut cependant pour que les autres pussent l'entendre.

— Boum ! fit Lesueur à demi-voix, mets cela dans ta poche, ton mouchoir par-dessus !...

Mais il crut bon de ne pas insister. Et presque aussitôt, sur un ton normal :

— Ce n'est pas tout cela, vieux briscard ! où allons-nous, où allons-nous ?

— Où allons-nous ? répéta lentement le bonhomme en faisant tanguer ses épaules, bé dame ! j'crois que vous d'vez l'savoir tout aussi bien que moi...

A ces mots, les hommes se sentirent pâlir.

— Que voulez-vous donc dire, mon brave ? questionna Lesueur qui plus encore que les deux autres faiblissait d'instant en instant.

— Je ne veux rien dire que vous ne puissiez comprendre, repartit le marin. J'ai reçu des ordres, vous le savez, un ordre plutôt, celui de conduire le *Martinière* à la Guyane, et je conduis le *Martinière* à la Guyane, voilà !...

— Qu'est-ce que tu dis ? haleta le chef des bandits.

Et sa main droite, à ce moment, caressa la crosse du revolver de feu le capitaine Bonnet.

Mais dans le même temps, presque prêt à tirer, il entrevit brusquement le danger qu'il y aurait pour le moment de se priver du concours du marin. Qui, sur le bateau, pourrait le remplacer ? Qui connaissait la topographie marine de ces parages ? Qui saurait lire les cartes, comprendre la boussole, éviter les écueils ? Mieux valait emadouer le vieux ou, tout au moins, essayer.

— Qu'est-ce que tu dis ? répéta Lesueur.

L'homme ne répondit pas tout de suite. Il tournait entre ses doigts le chapeau de toile cirée qu'il avait retiré de sa tête charnue en se présentant devant les trois hommes. Enfin, il se décida :

— Je dis c'que j'ai dit... voilà...

L'accent avec lequel le marin venait de prononcer ces mots démontrait sa ténacité. Aussi bien, il s'appelait Yves Le Caradec. C'était un Breton bretonnant, têtu comme tous ses compatriotes et aussi, comme la plupart d'entre eux, un brave homme et un homme brave, prêt à tous les dévouements et esclave de son devoir.

— Sais-tu que ta réponse me donne bien envie de t'abattre ? repartit Lesueur.

Et cette fois, pour impressionner croyait-il son interlocuteur, il sortit son browning de la poche de sa vareuse. L'acier du petit canon brilla au soleil.

— Et après ? fit Le Caradec, et après ? Pensez-vous donc qu'un Breton peut avoir peur de quelque chose et que même au prix de sa vie il consentirait à faire quelque chose de pas honnête ? Allons donc ! Et puis, quoi ? A mon âge, vous savez, et quand on a vu tout ce que j'ai pu voir... la vie, la mort, ça n'a pas grande importance ! J'avais une femme et j'l'ai perdue... J'avais trois fils... Ils ont tous les trois péri en mer. Y a que ma vieille carcasse qui a résisté à tout. Aussi, vous comprenez si elle se fiche de tout !...

Pour ponctuer sa phrase, l'homme lança à terre un petit jet de salive, mais toutefois il ajouta encore :

— Tout de même, j'aurais jamais cru que j'passerais sous la balle d'un bagnard !...

Fouetté par ce mot, Lesueur s'était dressé. Et il allait se jeter sur le vieux, lorsque les autres le retinrent.

— Pas de blague, hé ! lui crièrent-ils.

Et d'un geste de la tête, ils firent comprendre à Caradec qu'il lui fallait retourner à la barre.

La raison eut assez tôt fait de calmer le forçat. Les trois hommes étaient de nouveau seuls. Ils reprirent leur conseil de guerre.

— Rien à faire avec ce type-là ! commença tristement Finot. Mais qu'est-ce qu'on va devenir, nous autres ? S'y persiste à nous conduire là-bas, nous allons être faits comme des rats !...

— Pour ça, y a pas d'erreur ! renchérit Goldini.

Quant à Lesueur, plus tranquille mais accablé, il ne put rien ajouter.

Il commençait à se rendre compte que le rôle de capitaine était en vérité plus difficile à bien remplir qu'il ne l'avait imaginé, et qu'il ne suffisait point de revêtir la défroque d'un mort pour acquérir immédiatement la valeur et les capacités de ce mort. Que faire ? Pas plus que ses deux compagnons à l'imagination peut-être plus fruste encore que la sienne, il ne pouvait trouver d'idée, de solution digne de la satisfaire.

A la longue, pourtant, une idée lui vint à l'esprit.

— Dites, les gars, osa-t-il, après quelques instants, dites, les gars, si qu'on faisait revenir Gervais ?... Y m'paraît pas trop bête, ce garçon...

Ce qu'il n'osait avouer, c'est que, loin d'avoir trouvé Gervais bête, il s'inclinait devant son intelligence et sa supériorité. Ah ! ce n'était point, certes, sans un certain déchirement qu'il déclinait ainsi son amour-propre de chef suprême ! Mais il était parvenu à l'une de ces heures de la vie où la nécessité fait loi, où l'on ne discute plus sur le choix des moyens. Il ne possédait, lui, aucune des qualités de commandement ou de décision capables de sauver ses compagnons

t lui-même. La ténacité de Le Caradec ne lui
laissait pas plus d'illusion que l'initiative
d'un Finot ou d'un Goldini. Il devait, bon
gré mal gré, faire flèche de tout bois.

— Et puis ajouta-t-il, un gars qui a été
assez malin pour faire brûler une femme
sans qu'on puisse rien retrouver du tout,
c'est pas le premier venu...

Ce dernier argument fut sensible aux deux
autres. Peut-être hésitants encore, il décida
de leur abdication.

— On peut toujours voir, on peut toujours
voir, consentit Finot qui sentait déjà sur lui
souffler le vent de la panique.

Et d'un commun accord, ils déléguèrent
Goldini pour aller chercher le forçat Paul
Gervais.

I V

LUEUR D'ESPOIR

En quelques mots, Lesueur avait mis Gervais au courant de la situation nouvelle devant laquelle il se trouvait.

— Jusqu'à présent, lui disait-il encore,
j'étais tranquille, mais Le Caradec vient de
me déclarer qu'il préférait tout, même la
mort, plutôt que de désobéir aux ordres qu'il
a reçus et, en ce moment, nous voguons vers
la Guyane, exactement, en vérité, comme si
rien ne s'était passé à bord de ce bateau !
Charmante perspective, n'est-ce pas ?

— Eh ! eh ! pensait Gervais, maintenant
que les choses ont l'air de mal tourner, on se
décide à s'adresser à moi ! Mais que puis-je
faire, moi, que puis-je faire ?

— Si t'allais lui parler, toi, à Yves ?... proposa alors Lesueur comme s'il avait pu saisir la question que Gervais venait de se
poser.

— Que j'aille lui parler ? oui, bien sûr...
répondit l'autre, mais pourquoi m'écoute-
rait-il davantage que vous autres ?...

— Bah ! on n'sait jamais ! Tu peux essayer
toujours...

Vis-à-vis de Gervais, le ton de Lesueur
n'était plus du tout le même qu'une heure
auparavant, alors que, délibérément, le forçat s'était présenté devant ses nouveaux

chefs pour leur faire part de ses craintes.
L'accent était devenu doux et l'on peut dire
presque amical. Toutefois, Gervais comprit
parfaitement que c'était vraiment un ordre
qu'il venait de recevoir. Il ne pouvait
qu'obéir. Et, faisant alors bon cœur contre
mauvaise fortune, il se dirigea vers la barre.

Sa courte pipe entre les dents, le vieux
marin demeurait les deux mains sur sa large
roue, dans l'attitude classique du pilote que
la lithographie a popularisée. Ses yeux,
à force d'avoir trop contemplé l'étendue
glauque de la mer, en avaient pris la teinte
exacte. Quant à son visage, cuit et recuit davantage encore par le vent et les embruns
que par le soleil lui-même, il présentait cette
teinte de terre jaune, presque rougeâtre,
qu'ont aussi fixée à tout jamais les mode-
leurs et les peintres.

— C'est en ami que je viens vous voir, lui
dit Gervais tout de suite, en se rapprochant
de lui, et bien que je sois envoyé vers vous
par notre nouveau chef, il est superflu de
vous dire que je suis loin, *quant à moi*, de
partager toutes ses idées...

La façon toute naturelle dont Gervais s'ex-
primait révélait sinon de la distinction, du
moins une certaine recherche. Cet homme
était un forçat, certes, mais il était facile de
comprendre, en le considérant, qu'il ne
l'avait été que par accident, si j'ose m'exprimer ainsi. Il n'avait rien de ces malfai-
teurs-nés qui, dès la jeunesse, voire l'en-
fance, offrent déjà par mille signes irréfuta-
bles les stigmates des criminels. Bref, il fut
loin, Gervais, de déplaire à Le Caradec. Le
marin ne lui répondit point avec la même
morgue qu'à Lesueur, tout à l'heure.

— Vous avez raison, dit lentement alors
le vieux Breton, de ne point partager ses
idées, car, entre nous, et vous le savez tout
aussi bien que moi, le bonhomme ne vaut
pas cher... Il est juste de dire aussi que ses
deux copains, là-haut, ne valent pas mieux
que lui... C'est salaud et compagnie, voilà la
vérité...

Puis, après avoir tiré quelques bouffées de
sa pipe :

— Et alors ? Y vous envoie près d'moi
pour savoir peut-être si j'ai pas changé
d'avis ? Eh bien non, voyez-vous ! Pour moi,

le devoir c'est une chose sacrée... Je mets ça au-dessus de tout...

— Je ne puis vous dire que vous avez tort, repartit Gervais. Toutefois, vous me laisserez vous dire que le devoir peut changer suivant les circonstances et qu'au point où nous en sommes...

— Explique-toi mieux, mon p'tit gars, fit Le Caradec, qui s'amadouait un peu, devant le regard clair du prisonnier, et qui en profita même pour revenir au tutoiement. Oui, explique-toi mieux, parce que j'comprends pas très bien ce que tu veux m'dire...

— C'est bien simple, pourtant, reprit le forçat. Suivez-moi bien... Combien restons-nous, à peu près, sur le bateau, après l'effroyable tuerie de l'autre jour ? Environ une centaine, n'est-ce pas ? Or, combien de ces survivants sont-ils vraiment responsables de ce qui s'est passé ? Trois ou quatre, pas plus, mettons cinq, si vous voulez. Or, vous savez parfaitement que si nous sommes repris par les autorités, les bons paieront pour les mauvais. Toute enquête est absolument impossible. Et nous serons exécutés en masse. Vaut-il donc pas mieux, dans ce cas, que les coupables demeurent impunis plutôt que les innocents soient injustement punis ? Il y a là la loi du nombre. Or, vous tenez notre sort à tous entre les mains, Le Caradec ! Que vous le vouliez ou non, vous disposez de notre vie ! Sans compter que, lorsque nous parviendrons en vue de la Guyane, la plupart de vos passagers vous fausseront compagnie. Ils se jetteront à la mer plutôt que de retomber sous le joug des gardes-chiourmes, car ils savent ce qui les attend. Or, que raconterez-vous, vous, Le Caradec, en amenant votre bateau à bon port, certes, mais complètement vide, oui, que raconterez-vous ?

— La vérité ! répondit simplement le vieux.

— La vérité ! répéta Gervais en s'efforçant de rire. La vérité ! Ah ! Je vous entends bien ! Mais vous croira-t-on, seulement ?

— J'aurai ma conscience pour moi...

— Oui, évidemment, c'est quelque chose, c'est même beaucoup d'être en règle avec sa conscience, reprit le forçat en redevenant grave, mais ce n'est pas toujours suffisant, hélas !

Le marin, cependant, paraissait être buté dans sa résolution farouche. Il ne disait plus rien, mais à la crispation de ses traits, il était visible qu'il réfléchissait.

— Et puis, reprit l'autre, qui voulait, en dépit de sa résistance, le contraindre à se décider. Et puis, vous êtes, vous aussi, à la merci des événements... Si vous tombiez malade, qu'adviendrait-il de nous ? Vous savez bien que nul, à bord, n'est capable de vous remplacer. Alors, comprenez-moi, tombez malade... tombez volontairement malade... Mais, auparavant, vous m'apprendrez la route et la manière de ne pas m'égarer... Vous me comprenez, Le Caradec, vous me comprenez, n'est-ce pas ?

Ce raisonnement était si spécieux, que le vieux, en l'écoutant, ne put s'empêcher de sourire.

Et, après un instant :

— Ah ! t'es un malin, toi, t'es un malin... Enfin, j'peux pas t'dire ça comme ça, tout d'suite... Faut qu'j'réfléchisse, moué...

Gervais comprit qu'il serait, pour ce jour-là, imprudent sans doute d'insister davantage. Mieux valait, en effet, laisser rêver le vieux sur ces premières paroles et revenir plus tard à la charge, en trouvant, si possible, encore de nouveaux arguments. Lentement, l'homme se retira pour retourner vers Lesueur et lui faire un compte rendu de sa première conversation.

Elle ne satisfit pas complètement le chef, cette conversation, et d'autant moins encore qu'il ne laissait point d'être de plus en plus inquiet quant aux ressources du bateau. Bien que son effectif eût considérablement diminué, les vivres baissaient avec une rapidité prodigieuse. C'est que, se basant sur le fait même de la diminution d'effectif, toute économie était jugée stupide. D'abord doublées, les portions avaient presque été triplées. Nul chef vraiment digne de ce nom n'avait eu la clairvoyance indispensable. Chacun, pourvu qu'il le dissimulât, pouvait vivre à sa guise. En un mot, l'anarchie régnait sur le bateau.

Les yeux de Lesueur, « capitaine à la manque », se dessillaient d'instant en instant davantage. Mais sans doute était-il trop tard. Aussi terrible à son esprit que la perspective d'aborder à la Guyane après avoir eu l'espoir, pendant quelques jours, d'échapper au châtiment, se profilait la perspective de la famine. A de certains moments, la douleur morale de l'homme devenait telle qu'il hésitait, parfois, à se jeter à la mer. Mais, peu courageux devant l'adversité, la troisième alternative, celle d'être dévoré par un requin, l'empêchait d'exécuter son téméraire projet.

Cependant, toujours délégué auprès de Le Caradec, Paul Gervais avait repris le siège du marin. Il tâchait à l'apitoyer.

— Nous allons tous à une mort certaine, lui disait-il, car vous pensez bien que jamais, au grand jamais, Lesueur n'acceptera d'aller se livrer aux gardiens du bagne. Entre nous, il n'aura pas tort ! Nous sommes donc condamnés soit à mourir de faim, soit à mourir brûlés, si le chef met le feu au bateau, soit à mourir noyés, si nous nous fichons à l'eau. Or, je sais bien, mon brave, qu'en vieux Breton que vous êtes, la mort ne vous fait pas peur. Vous la préférez même au déshonneur et si je n'étais indigne, je me permettrais de vous dire que vous avez raison. Toutefois, laissez-moi vous dire, Le Caradec, que je ne sais, en vérité, si vous avez le droit de faire aussi bon marché de la vie des autres que de votre propre vie... N'oubliez pas, en effet, qu'il n'y a pas, sur ce bateau, que des forçats ! Il y a aussi encore, à bord, quelques hommes d'équipage, des chauffeurs, des cuisiniers. Que vous ont-ils donc fait, ceux-là, pour que, délibérément et pour obéir à je ne sais quel devoir, illusoire peut-être, vous les conduisiez au trépas ?...

Ces derniers arguments, que Gervais avait pu trouver au cours de longues réflexions, ébranlèrent visiblement la résolution du marin. On sentait qu'un travail secret s'accomplissait en lui, qu'une idée cheminait dans son cerveau buté.

— Enfin, reprit le condamné, qui voulait accumuler des faits et ne pas perdre l'avantage qu'il devinait en gardant le silence, enfin, qui vous dit que parmi les transportés mêmes, il n'y a pas des innocents... des hommes injustement condamnés ? Vis-à-vis de ceux qui sont réellement coupables, vous n'auriez déjà pas le droit de vous ériger en justicier, Le Caradec, mais, à la rigueur, on le comprendrait peut-être. Par contre, vis-à-vis de ceux — s'ils existent — qui sont innocents, vous seriez un criminel !...

Pour brutal qu'il fût, ce mot ne parut pas exagéré à l'homme.

— Criminel !... criminel !... répétait-il entre les dents, sans enlever sa courte pipe, y a p't-être ben du vrai, là d'dans...

— Réfléchissez donc ! insista encore Gervais.

Mais la recommandation était bien superflue. Le vieux marin réfléchissait de plus en plus profondément. Le bagnard, alors, respecta son silence mais demeura près de lui.

Et, après un assez long temps :

— Ecoutez... se décida enfin Le Caradec, écoutez... Y a trop de vérité dans ce que vous venez de dire, pour qu'un homme de bon sens ne le reconnaisse pas... D'autant plus qu'j'ai pensé aussi à ce que vous m'avez dit hier... à la soirante. C'est dans les choses possibles que j'tombe malade. Moi... j'suis vieux et d'puis les temps que je cours sur les mers... Alors, n'est-ce pas, si ça arrivait, on pourrait pas se laisser aller à la dérive... Faudrait bien qu'quéqu'un prenne ma place... Et si c'quéqu'un prenait ma place, y n'irait point à la Guyane, lui, pas vrai ? Y verrait bien sur la carte qu'en braquant vers le Sud y serait pas loin à s'trouver dans les parages de l'Argentine...

Argentine ! Dans le cerveau de Paul Gervais, ce fut, brutalement, comme en un éclair, une illumination. Argentine ! Comme tous ceux qui ont peu ou prou défilé dans les couloirs d'un palais de Justice ou traversé une prison, il savait que, pour les condamnés, ce pays est celui du rêve et de la folle libération. En effet, sur cette terre bénie, les lois d'extradition ne sont pas en vigueur. Le forçat, le condamné, le voleur, le criminel qui peuvent y aborder y jouissent désormais, sans la moindre inquiétude, d'une impunité que rien ne peut troubler. Argentine !

Et le mot aux syllabes si claires, si fraîches, si douces, si réchauffantes et si puériles résonnaient aux oreilles de l'homme, interminablement.

— Argentine... Argentine... Argentine... Argentine...

— Ah ! comment n'y ai-je pas pensé plus tôt ? se demandait-il. Ah ! il faut maintenant, il faut !...

Sa volonté se tendait. La petite lueur d'espoir qu'il venait de voir poindre en son subconscient deviendrait bientôt, il n'en doutait point, un flambeau magnifique, dont la lumière éclatante serait éblouissante.

Comment parviendrait-il à ses fins ? C'eût été trop lui demander. Il n'en savait rien encore. Mais, toutefois, quelle que fût son ignorance, Gervais déjà se rendait compte qu'avec la complicité avouée ou tacite de Le Caradec, sinon, peut-être même, seul, tout seul, il réussirait parce qu'il le voulait.

Parce-que-il-le-vou-lait...

Pour la première fois depuis des mois et des mois, il connut au tréfonds de son être le plus intime un soupçon de calme, de tranquillité, d'apaisement. Il était devenu un autre. Mille souvenirs confus se levaient au fond de lui et semblaient monter à l'assaut de sa mémoire assoupie depuis si longtemps. Peu à peu, ils s'éclaircissaient, ces souvenirs. De confus, ils devenaient de plus en plus précis, et s'imposant à l'homme, ils ne le voulaient plus quitter.

Et, de même qu'au petit matin un infime point rouge, à peine perceptible, va devenir, une heure plus tard, le globe immense du soleil, l'idée, en Paul Gervais, allait grandir, grandir, cependant qu'en son cœur l'hosanna continuait :

— Argentine... Argentine... Argentine... Argentine... Il faut... Il faut... Il faut...

Jamais la mer, bleue comme le velours d'un manteau de roi, ne lui avait paru si belle...

TROISIÈME·PARTIE

A BUENOS-AYRES

I

MAISON DE DANSES

C'est au fond d'une des rues les plus infâmes de Buenos-Ayres que s'ouvrait ce concert. Ce concert ? Le mot est vraiment un peu exagéré, un peu grand, trop flatteur. Beuglant, même, est peut-être exagéré, et l'appellation de bouge, de bouge chantant, si vous voulez, me semble être le plus exact pour désigner l'endroit dont je dois vous parler.

Ce bouge — puisqu'il faut l'appeler par son nom — était une sorte de cave aux murs recouverts d'andrinople. La teinte rouge de cette étoffe ne pouvait qu'évoquer la couleur du sang et, à la vérité, les nuits n'avaient pas été rares qui avaient vu, au cours de rixes effrayantes, couler le sang des assistants.

Ces assistants, la « basse pègre » de la ville, la pègre la plus infâme à laquelle se joignaient quelques gauchos, quelques gars affranchis arrivés fraîchement du ranch, voire même quelques forçats en rupture de ban, avaient fait de ce bouge leur quartier général. Ils s'y réunissaient autour de tables rugueuses. Seuls des bancs — boîteux, pour la plupart — formaient les sièges de l'endroit. Mais leur manque de confort ne répugnait pas aux clients. Et pour se retrouver avec tant de régularité autour des pots de *lemonade squash*, des verres de *raki* ou toutes autres boissons plus ou moins fermentées, ils avaient sans doute d'excellentes raisons.

Enfin, pour en terminer avec la brève description que j'ai esquissée du repaire, il me faut ajouter qu'en dépit de sa vétusté, il était éclairé à l'électricité par de simples ampoules qui, à l'extrémité d'un fil, descendaient du plafond et que, au bout de la salle, relativement exiguë, se trouvaient placées trois tables qui se touchaient les unes les autres. Ces trois tables, dignes des tréteaux à peu près préhistoriques de l'illustre Tabarin, formaient la scène du concert, l'espace réservé aux artistes de la troupe — entièrement composée de femmes, à l'exclusion d'un unique danseur.

En effet, le señor Vivente de Porquemaya, propriétaire de ce bouge, l'avait pompeusement dénommé « Maison de Danses ». Il se flattait d'y produire les artistes chorégraphes les plus célèbres et non seulement de la seule Argentine, mais encore du monde entier. Il est juste de dire qu'à intervalles assez irréguliers il avait su être assez diplomate pour attirer chez lui des danseuses vraiment renommées. On se rappelait encore le passage chez Porquemaya de Laura Manizza, de l'Opéra de Paris, de Lya de Putti, l'Allemande, même ; mais comme c'était loin, cela !... de la Belle Guerrito ! Quand la fortune — ou le hasard des existences ! — favorisait ainsi le triste bouge des faubourgs argentins, c'était alors une ruée chez l'heureux Porquemaya. Tout ce qui avait un nom à Buenos-Ayres se croyait vraiment obligé de défiler dans la Maison de Danses. Le snobisme s'en mêlant, les plus fastueux propriétaires y venaient à leur tour, accompagnés de leurs femmes demi-nues et endiamantées de la tête aux pieds, sous leurs somptueux manteaux. Ces soirs-là, le repaire présentait un spectacle véritablement unique et tel que le souvenir même de nos bistros parisiens, aux alentours des Halles, la nuit, ne peut donner aucune idée précise. Des assassins — et véritables, ceux-là ! — coudoyaient des princes et des femmes dont le collier de perles valait souvent des millions. Des gauchos et des forçats s'accoudaient familièrement à la table de milliardaires. Alors, le champagne coulait à flots et c'est précisément ces nuits-là que le sang, lui aussi, coulait parfois. Ce détail était loin d'arrêter les curieux, autant avides de sensations rares que d'acclamer les artistes de Porquemaya. La tuerie — plus ou moins — faisait partie du programme.

Toutefois, à ce moment, la troupe de la maison n'offrait aucun nom particulièrement connu. Les danseuses étaient honorables, c'est tout, et le public demeurait, à de rares exceptions près, de la plus basse extraction.

Outre José Prisqui, l'unique artiste du sexe fort, cinq danseuses composaient alors le personnel du bouge. Ces cinq danseuses devaient, suivant leur engagement, non seulement se produire chaque nuit sur la scène improvisée, dans les pas les plus divers, mais encore « pousser à la consommation » les différents habitués et enfin loger dans la maison même. Seules les vedettes étaient dispensées des deux dernières obligations, leur nom, leur talent ou leur renommée étant reconnus suffisants pour attirer la clientèle. Mais pour le moment, je le répète, il n'y avait point de vedette et la règle générale ne souffrait aucune exception.

Parmi les cinq danseuses, trois étaient espagnoles, — l'une de celles-ci était d'ailleurs la femme légitime de Porquemaya, — les deux autres étaient, l'une Anglaise et l'autre Française.

Comment ces femmes, en dépit d'un talent réel ou tout au moins de dispositions certaines, étaient-elles venues s'échouer en un pareil repaire ? Ce sont les hasards de la vie et aussi ses traîtrises, qui en avaient décidé ainsi. L'existence de chacune de ces cinq danseuses était un véritable roman d'amour et d'aventures. Peut-être, un jour, me laisserai-je tenter à écrire l'un d'entre eux sinon tous, mais je dois aujourd'hui me borner à ne parler ici que de la jeune Française.

Jeune, en effet. Elle avait vingt-cinq ans et en paraissait vingt à peine. Elle s'appelait, sur le programme et les affiches, Mariette d'Auteuil, et son nom véritable était encore plus simple : Marie Berthault. Il n'était pas besoin de lui parler longtemps pour juger de sa distinction et s'apercevoir que cette femme était une déclassée. Ni sa naissance, ni son éducation ne l'avaient prédestinée à danser chaque nuit sur trois tables réunies bout à bout, dans un bouge infâme des faubourgs de Buenos-Ayres, devant un public de criminels et de faussaires. Jolie, de surcroît, elle était en butte aux allusions trop directes de ses spectateurs et parfois aussi à leurs persécutions. Souvent, pour elle, les couteaux étaient sortis de leur gaine. Mais Porquemaya l'avait prise sous sa protection. Il frisait la cinquantaine et, oubliant sa triste vie sous les regards limpides de la jeune femme, il s'était pris pour elle d'une affection véritablement paternelle et démunie de toute arrière-pensée. Ah ! malheur à qui eût osé toucher un seul de ses cheveux ! Celui-là eût pu recommander sa vilaine âme au diable, sinon à Dieu — si tant est, même, que le señor Porquemaya eût daigné encore lui en laisser le temps !

En somme, n'eût été la promiscuité inquiétante, la vie dans la Maison de Danses n'était pas, à l'ordinaire, par trop désagréable. A défaut de mieux, Mariette s'en accommodait, tout au moins, espérait-elle, assez provisoirement. Les danseuses, ses compagnes, n'étaient point de méchantes femmes. En dehors des heures de travail, elles se laissaient vivre dans un mol farniente, passant des journées entières à demi étendues au soleil et fumant interminablement de ces petites cigarettes brésiliennes au tabac presque noir et simplement enveloppé dans une feuille de maïs que nulle colle ne vient fermer. L'existence de ces femmes était à peu près animale. Elles ne sortaient de leur torpeur que lorsqu'elles avaient amassé assez d'argent pour s'acheter un de ces grands châles à fond blanc ou à fond noir, mais toujours invariablement décorés d'énormes fleurs brodées en teintes violentes et crues. Alors, elles allaient chez Antonio Précenti, leur habituel fournisseur, dont l'échoppe s'ouvrait à quelques minutes de la Maison de Danses, dans la calle de Mayorque.

Curieux homme, en vérité, que cet Antonio Précenti ! Tout petit, voûté, à demi bossu, même, il était vieux à coup sûr, mais il était à peu près impossible de lui donner un âge. De toute éternité, on l'avait vu le même, avec ses petits yeux clignotants qui brillaient de façon étrange, son teint basané et ses dents mal alignées. Il vivait au fond de son échoppe, comme une araignée au milieu de sa toile, prêt, aurait-on pu croire, à happer le premier client assez aventureux pour pénétrer chez lui. Cependant, parmi ses voisins et ses familiers — particulièrement parmi les danseuses de Porquemaya — il n'avait pas la réputation d'être un homme dur ou méchant. Ces dames le trouvaient même, comme on dit, « arrangeant ». Pourvu qu'il leur vendît quelque chose, n'importe quoi, il était satisfait, leur consentant même les plus larges crédits. Car Précenti vendait de tout et bien rares étaient les objets qu'on n'aurait pu trouver dans sa sordide boutique.

Outre les châles dont j'ai parlé, il fournissait aux danseuses leur linge, leurs fards, du chocolat et des gâteaux secs, des fruits, amandes, bananes, oranges et citrons, des carrés de gingembre et de raha-loukoum, des souliers et des bas. Pour minuscules qu'ils fussent, ses rayons contenaient encore des complets pour hommes, des chapeaux, des cigares de luxe et des antiquités. Enfin, sur commande, il pouvait fournir des automobiles et des usines toutes montées, des titres et des valeurs meilleur marché que sur le marché de la Bourse, voire des billets de banque de tous les pays du monde. C'était, en un mot, le magasin universel sous la direction effective d'un véritable gnome assez commerçant et surtout assez riche pour pouvoir s'aboucher avec les représentants de toutes les professions humaines.

Etait-il également, ce gnome du nom de Antonio Précenti, receleur, comme d'aucuns se plaisaient à l'insinuer ? Voire même pire, encore ? Mon Dieu, en toute franchise, ne le sachant pas, je ne le pourrais dire. Toutefois, je tiens à déclarer que rares étaient les jours où la police venait le voir et que, si, une fois ou deux, il avait été appelé à venir s'expliquer avec la justice de son pays, celle-ci l'avait toujours relâché et tenu quitte après — au maximum — deux ou trois jours de prison. Les mauvaises langues qui insinuaient parfois qu'Antonio était voleur, ne manquaient point d'expliquer la liberté qu'il conservait en ajoutant que lui aussi faisait partie de la police et qu'il bénéficiait du fait que les loups ne se mangent pas entre eux. La chose est encore possible, mais quant à moi, je dois le dire, je n'en eus, jusqu'à présent, aucune preuve formelle. Aussi bien, pour nous, la chose est sans importance et si je la rapporte ici, c'est que je tiens avant tout à remplir exactement et sans omettre un seul détail, mon rôle d'historiographe. Pour le reste, mes lecteurs jugeront par eux-mêmes. Et la suite de ce récit tendra peut-être, je ne le sais, à les éclairer davantage.

II

UNE AFFAIRE

Il était environ cinq heures du soir. Au fond de son échoppe, Antonio Précenti comptait des pièces d'or. Une chaleur torride avait depuis le matin abattu gens et bêtes, et la ville, comme assommée, reposait tout entière. Dans la calle de Mayorque, c'était un calme absolu et les petits enfants eux-mêmes qui, à l'accoutumée, s'ébattaient dans la rue, traînant dans les ruisseaux leurs misérables guenilles, n'avaient plus la force de jouer et dormaient béatement.

Or, tout à coup, du fond de son antre, Antonio entendit, venant de devant sa porte, comme une sourde rumeur, le bruit de paroles prononcées d'une voix forte mais qu'il ne pouvait exactement comprendre. Vivement, alors, le gnome repoussa son tiroir, lui donna un double tour de clé et, méfiant, l'oreille tendue, l'œil aux aguets, il avança à petits pas et presque en tapinois, au milieu de son échoppe, puis peu à peu jusqu'à la rue.

Devant la maison, sur le trottoir, il aperçut trois hommes et la vision de ces trois hommes suffit à rassurer tout de suite le brocanteur.

Ils étaient, en effet, ces trois hommes, habillés en marins ou en quelque chose d'approchant. Quoique délabrés et demandant un remplaçant, leurs uniformes respectifs avaient, aux regards du gnome, un aspect officiel.

— Rien de grave, se dit-il, quelques matelots en bordée qui cherchent sans doute un endroit assez frais pour boire à leur santé mutuelle. Ils n'ont pas besoin de moi pour un semblable travail !...

Et il allait faire demi-tour, et il allait pour reprendre au fond de son arrière-boutique ses intéressantes occupations, lorsqu'il s'entendit interpeller par les trois matelots toujours plantés devant chez lui. Eux aussi l'avaient aperçu et ayant sans doute besoin d'un renseignement, ils s'adressaient à lui.

— Hé ! l'homme !... criaient-ils.

Tout d'abord, le gnome pensa à faire le sourd. Il n'aimait pas beaucoup être dérangé par d'autres personnes que par ses clients. Or, il connaissait à peu près tous ses clients et il était certain que ces trois marins ne comptaient pas parmi eux. Mais les autres insistaient :

— Hé ! l'homme !... répétaient-ils.

Alors, « l'homme » craignit que ses interpellateurs n'entrassent dans son échoppe. Il jugea en un clin d'œil plus prudent de leur répondre.

— On n'a pas idée de déranger les gens par une chaleur pareille ! maugréa-t-il.

Toutefois, il sortit à demi de chez lui. Et, dans un regard, il fit comprendre aux matelots qu'il était prêt à les entendre.

Les hommes, cependant, se poussaient du coude. L'apparition inattendue du petit bonhomme bossu, aux yeux clignotants et au teint basané, déclenchait en eux une douce gaîté et ils devaient se retenir pour ne pas éclater de rire. L'un des trois, surtout, un nègre du plus beau noir, semblait littéralement affolé. Quant aux deux autres, dont l'un paraissait assez vieux, ils gardèrent mieux leur sang-froid.

— Nous cherchons par ici un nommé Antonio Précenti, se décida enfin à dire le plus jeune. Peut-être le connaissez-vous, señor, et pourrez-vous nous indiquer exactement où nous le pourrons trouver ?

Le gnome ne répondit pas tout de suite. Etait-ce bien prudent, pensait-il, de dévoiler si vite que c'était lui l'homme que ces gens cherchaient ? Après tout, rien ne lui affirmait qu'ils étaient véritablement des marins. S'ils en voulaient à sa personne ou à sa cassette ? Non vraiment, valait mieux pas...

— Et que lui voulez-vous donc, à Antonio Précenti ? demanda-t-il, sur un ton doucereux.

Mais, si délicatement qu'il eût pu la présenter, l'indiscrétion n'avait pas échappé aux autres.

— Ça, mon p'tit vieux, c'est pas tes oignons ! lui répondit le plus âgé, et si on te le demande, tu en s'ras simplement quitte pour dire que tu n'en sais rien...

Puis, se tournant vers ses deux compagnons :

— Allons ! on n'tirera rien de celui-là ! Allons plus loin, les gars...

Et les trois matelots s'apprêtèrent à s'éloigner.

— Minute, messieurs ! Minute !... fit alors le petit bossu. Il ne faut pas vous fâcher parce que je voulais m'intéresser à vous ! D'ailleurs, j'en avais le droit...

Et, oubliant brusquement ses résolutions de prudence :

— Parce que Antonio Précenti, cet Antonio Précenti que vous me dites chercher... eh bien... c'est moi... Voilà !

La surprise cloua les trois hommes sur place et, aussi, les laissa muets.

— Non ! sans blague ! fit doucement le plus jeune, tandis que le nègre ouvrait largement sa bouche aux lèvres trop épaisses, qui découvrit une éclatante denture et que le plus âgé esquissait dans sa barbe un sourire ironique.

— Sans blague... affirma Antonio.

— On nous avait pourtant dit qu'Antonio Précenti était très riche, reprit celui qui venait de s'exclamer.

— Oh ! pas tellement ! pas tellement ! protesta le gnome qui, déjà, retrouvait sa peur vis-à-vis de ces trois gaillards.

Toutefois, il se rassurait un peu en pensant que s'ils en avaient voulu véritablement à son argent, ils n'eussent pas fait, avec un tel cynisme, allusion à sa richesse.

— Et qu'y a-t-il à votre service, messieurs ? les questionna-t-il enfin, sans les inviter pourtant à entrer dans son échoppe.

Avant de répondre au petit bossu, les trois marins se consultèrent du regard. On ne leur avait donné aucun signalement physique de l'homme qu'ils recherchaient et ils doutaient encore un peu que c'était bien Antonio Précenti qui était en face d'eux. Mais, bah ! Pourquoi pas, après tout !

— Nous voudrions savoir, se décida enfin celui qui semblait toujours prendre les initiatives, si vous seriez acheteur d'un bateau ?

— Acheteur d'un bateau ?... répéta le brocanteur...

— D'un bateau, c'est beaucoup dire, reprit le marin... des épaves d'un bateau, je devrais vous dire, pour être plus exact. En effet, imaginez-vous, monsieur, que le bâtiment sur lequel...

Cependant, tandis que l'homme parlait, Antonio Précenti jetait furtivement des regards pleins d'inquiétude à droite et à gauche de sa maison. Très visiblement, il avait peur que quelque oreille indiscrète pût entendre ce qu'on lui disait. Il fit signe au marin de se taire. Et, un instant, il hésita encore à faire entrer ces hommes chez lui.

— Mais non, se dit-il, après tout, ce n'est peut-être qu'un subterfuge pour pénétrer chez moi et mieux me dévaliser, sinon m'assassiner... Soyons prudent, soyons prudent...

Et, s'adressant aux hommes :

— Ecoutez, leur dit-il, on est mal, ici, pour parler affaires et, d'autre part, j'ai un rendez-vous urgent d'ici quelques minutes, ce qui me prive du plaisir de vous demander de venir avec moi... Cependant, messieurs, votre affaire est peut-être susceptible de m'intéresser... Si vous pouvez attendre quelques heures, tout sera pour le mieux. En effet, si vous le voulez bien, nous pourrions nous retrouver, ce soir, dans une agréable maison que je vais vous indiquer. C'est à quelques pas d'ici. Vous n'aurez qu'à venir vers dix heures et à demander la Maison de Danses de Padre Porquemaya. Certes, dans cet endroit, il y a du monde, il y a du bruit, mais je retiendrai une table à l'écart et nous serons tranquilles pour bavarder, tout en regardant les jolies femmes de la troupe des danseuses, l'une des premières du monde, señors ! Vous voulez bien, c'est entendu, n'est-ce pas ? Alors, tout est parfait ! A dix heures, chez Porquemaya ! A tout à l'heure, messieurs !

Les trois hommes, étourdis par le verbiage du bossu, ne pouvaient que s'incliner devant sa volonté. Ils acceptèrent bon gré mal gré la proposition qu'Antonio venait de leur faire. Aussi bien, ce n'était pas par hasard que le brocanteur leur avait fait cette proposition. Depuis de longues années déjà, il avait pris l'habitude de traiter toutes ses affaires importantes dans la Maison de Danses. Là, au moins, ses conversations, perdues dans le bruit de la musique et le fracas des castagnettes, ne risquaient point d'être entendues par des gens à qui elles n'étaient pas destinées, et nul ne soupçonnait que le petit gnome qui buvait, riait et applaudissait les danseuses, était en train, du même coup, de vendre ou d'acheter pour des sommes formidables.

Or, presque dès les premières paroles du matelot, Antonio s'était rendu compte que l'affaire qu'on venait lui proposer devait être d'importance. De plus, pour que ces gens s'adressent à lui, c'était aussi que l'affaire ne devait pas être extrêmement catholique. Elle en serait d'autant meilleure ! Mais le brocanteur se refusait à anticiper déjà. Au cours de sa vie déjà longue, il avait entrepris de trop magnifiques et trop rémunératrices transactions pour se monter déjà la tête parce que trois marins étaient venus le voir.

— Bah ! nous verrons cela tout à l'heure, chez Porquemaya, se dit-il simplement... si toutefois ils viennent...

Mais il était tranquille. Quelque chose en lui d'indéfinissable mais qui ne le trompait jamais lui disait que les hommes viendraient et que l'affaire serait bonne...

III

UNE NUIT CHEZ PORQUEMAYA...

Chez Porquemaya, Antonio Précenti n'avait pas eu besoin de retenir sa table, comme il l'avait dit à ses trois visiteurs, car cette table, en effet, était pour le petit bonhomme, réservée chaque soir. Rares étaient les jours où le bossu n'allait pas, comme il le disait

lui-même, faire un petit tour du côté des danseuses. C'était là, à peu près, ses seules dépenses avouées, mais elles étaient d'importance, car, économe et avare pour tout ce qui touchait aux faits ordinaires de la vie courante, Antonio devenait prodigue dès qu'il se trouvait attablé chez Porquemaya. Il rapportait avec usure au tenancier de la Maison de Danses l'argent qu'il touchait de ses pensionnaires. Etre invité à boire avec lui était, disait-il, un honneur, et jamais il n'avait consenti qu'une bouteille, si chère fût-elle, débouchée à sa table, fût payée par un autre. Avec lui, les danseuses n'avaient vraiment pas besoin de pousser à la consommation et souvent, au contraire, devaient le refréner. Je dois dire cependant que le petit vieillard supportait magnifiquement la boisson et que trois fois peut-être, seulement, en quelque vingt ans, il avait été ivre.

Ce soir-là, comme tous les autres soirs, le bouge était empli de spectateurs dès neuf heures du soir. Les assistants disparaissaient presque dans un nuage de fumée, si lourd et si épais, qu'en dépit des lampes électriques, que nul voile ne recouvrait, la petite salle paraissait presque obscure. Sur les tables de la scène, les femmes qui dansaient en paraissaient fantomatiques et leurs visions étaient hallucinantes. En les considérant parmi le « halo » où elles s'agitaient, parmi les couleurs, parmi les parfums, l'accompagnement des guitares, le claquement des castagnettes et toute l'ambiance, enfin, du lieu, on avait plutôt l'impression d'être en proie à un cauchemar que de voir des femmes danser réellement. Mais cette impression troublante était un charme de plus et nul jamais ne s'était plaint de cette atmosphère unique, que l'on ne pouvait trouver nulle part ailleurs que dans ce faubourg de Buenos-Ayres et, dans Buenos-Ayres même, nulle autre part que chez Porquemaya.

Lorsque les trois marins venus l'après-midi jusque devant la porte d'Antonio Précenti pénétrèrent dans le bouge, la scène était occupée par une des danseuses espagnoles, Conchita Amori, qui, frénétiquement, esquissait un fandango. Le bruit — composé de hourras et des cris rauques des assistants et des autres danseuses, qui, selon la coutume espagnole, tendaient à exalter davantage encore l'artiste — était ahurissant. Les hommes ne savaient s'ils ne devaient faire demi-tour et, un instant, devant un tel vacarme si peu en rapport avec le lieu tranquille qu'ils avaient espéré pour parler de leur affaire à Antonio Précenti, ils eurent la pensée que le petit bossu s'était simplement moqué d'eux. Mais non ! Depuis un quart d'heure déjà, le brocanteur s'était désintéressé du spectacle et de sa bouteille, pour mieux guetter la porte basse par laquelle entrait le public. Il reconnut ses trois bonshommes. Et, peu soucieux d'interrompre le spectacle, il monta sur son banc puis sur sa table. Enfin, mettant ses mains en porte-voix de chaque côté de sa bouche, il se mit à hurler pour attirer l'attention des nouveaux arrivants.

Précenti était familier du fait et, à l'exception de ceux qu'il voulait ainsi appeler, nul ne se préoccupa de ses cris d'écorché. Pour ses libéralités, tout autant que pour ses occupations mystérieuses, l'homme, ici, était respecté, et ceux qu'il invitait, quitte à être assassinés dehors ou quelques jours plus tard, étaient aussi respectés que leur amphitryon, pendant tout le temps qu'ils étaient avec lui ou dans les murs de la Maison de Danses. Pour faciliter le passage des trois hommes qui avaient à rejoindre la table de Précenti, très proche de la scène, quelques consommateurs daignèrent même se lever et désigner entre les bancs le chemin le plus praticable. Enfin, de bouche en bouche, ainsi que chaque fois que le petit bossu conviait chez Porquemaya quelque nouveau client, des exclamations s'échangèrent :

— Encore une bonne affaire, sans doute, pour le brigand !

Car c'est ainsi que, familièrement, les habitués du bouge appelaient Antonio.

— A combien de pesetas peut-on estimer chacun de ces trois types ?

— L'or va toujours à l'or...

Mais il est juste de dire que nul n'enviait le brocanteur, au mauvais sens du mot. On connaissait trop, pour cela, sa supériorité en affaires, voire son génie commercial.

Cependant, les trois hommes avaient pu parvenir jusqu'à la table d'Antonio. Elle

était assez vaste, cette table, pour que tous y fussent à l'aise. Comme s'ils connaissaient depuis fort longtemps déjà le bossu, les nouveaux venus s'installèrent sans montrer la moindre gêne.

Puis, tous quatre se mirent à boire.

Les bouteilles que Précenti avait commandées à Porquemaya, sans avoir même demandé le goût de ses invités, contenaient un vin rouge, un vin italien mousseux qui, sous sa couleur trompeuse, retournait son homme en deux verres. Il était d'autant plus dangereux qu'il était difficile de s'apercevoir de sa perfidie réelle. C'était une sorte de barbera dont Antonio connaissait depuis des années la valeur et aussi lui était devenu nécessaire pour la conclusion de ses bonnes affaires.

Ce soir-là encore, il ne devait point faillir à la mission que le bossu lui avait assignée. Un quart d'heure seulement après leur arrivée, les matelots étaient devenus bavards et empreints d'une belle gaîté. Ils étaient devenus confiants et optimistes. Ils voyaient la vie en rose. Et, comme on dit vulgairement, au sens figuré, ils se déboutonnèrent. Voilà :

Avec force paroles, que le brocanteur — qui n'en perdait pas une, lui, qui ne buvait pas, lui — écoutait religieusement les marins expliquèrent que, perdus en mer sur un vaste bâtiment, leur bateau s'était échoué sur de pernicieux écueils, à quelques milles à peine de la côte argentine. Encore qu'ils gardassent un silence assez prudent sur ce qu'était ce bateau avant de s'être venu briser sur les récifs, Antonio comprit sans peine qu'il ne devait rien demander. Les détails nécessaires et le nom même du bâtiment, il les connaîtrait plus tard, en temps utile. Pour le moment, il lui suffisait de savoir que les hommes n'étaient, pas plus que leur bateau, dans une situation régulière.

— Bateau volé, se disait-il, bateau de pirates ou bateau de contrebandiers travaillant pour l'Amérique, c'est à peu près certain, mais à moi, peu m'importe ! Cela ne me regarde pas ! Je ne suis pas de la police, moi ! mais un simple commerçant qui cherche à gagner sa vie, rien de plus. Au surplus, je n'ai donc pas à m'occuper de ces détails inutiles. On vient me proposer de faire une affaire, on vient me proposer de me vendre quelque chose. Tout le reste est poésie et je m'en moque éperdument.

Aussi, dès que les autres eurent terminé leurs longues explications, que le barbera rendait un peu confuses :

— Tout cela est fort bien, leur répondit Précenti, en principe, votre proposition pourrait m'intéresser, mais je ne puis vous donner aucune réponse définitive avant d'avoir vu moi-même la marchandise que vous m'offrez...

— Cela, c'est naturel ! fit l'un des trois marins, mais il est relativement facile de vous la montrer, cette marchandise...

— Où est-elle ? demanda Antonio.

— Vous le dire exactement, cela nous est difficile, répondit l'homme. Au moment où nous avons fait naufrage, nous étions en vue d'une petite île que nous avons prise pour la côte, et contre laquelle nous sommes venus nous briser. De nombreux copains ont péri dans l'aventure et, quant à nous, sauvés sur un radeau, nous avons abordé enfin dans une crique sablée, à une vingtaine de kilomètres d'ici. Avec une bonne petite barque, il doit être facile de retourner dans l'île...

— L'île de San-Salvador... grommela Précenti. Ah ! ah !

— Si vous voulez, consentit le marin.

— « Ile » est beaucoup dire, poursuivait le brocanteur. En réalité, c'est un immense récif, un rocher dont les abords sont extrêmement dangereux... D'ailleurs, vous devez en savoir quelque chose...

Et, après un soupir :

— Enfin, que voulez-vous, les affaires sont les affaires et quand elles le méritent, il faut savoir faire les sacrifices nécessaires.

Puis, se décidant tout à coup :

— Vous êtes libres, sans doute et rien ne vous attache. Dès lors, à quoi bon différer ? Il faut agir vite en affaires et je suis partisan des promptes réalisations...

En effet, les hommes n'avaient aucune raison de remettre l'expédition. Eux aussi, ne demandaient qu'à en terminer le plus vite possible. D'un commun accord, ils convinrent d'achever la nuit chez Porquemaya et de partir pour San-Salvador dès les premières lueurs du jour.

Si Antonio Précenti avait accoutumé de donner dans la Maison de Danses tous ses rendez-vous sérieux, c'était, on le conçoit, afin de fuir les oreilles indiscrètes de ses voisins ou des clients qui, dans son échoppe, le venaient déranger. Chez Porquemaya, au contraire, nul ne se préoccupait de ses conversations. Par le fait même qu'il parlait sans se cacher et au milieu des assistants, aucun de ces assistants ne se défiait de lui. Le petit bossu était diplomate et futé et ce n'est point sans raison que, depuis fort longtemps, il avait décidé d'agir toujours ainsi.

Toutefois, cette nuit-là, son intelligence et sa diplomatie se trouvèrent être en défaut.

En effet, à quelques tables de la sienne, la danseuse Mariette d'Auteuil était assise à côté du danseur José Prisqui. Entre les moments où ils devaient l'un et l'autre paraître sur la scène, ils se reposaient en bavardant tous deux. Ils étaient bons camarades. Lorsque Mariette était arrivée dans le morne faubourg, désemparée, comme une bête traquée, en haillons presque et à la suite d'aventures dont elle avait conservé le secret, José, tout de suite, s'était intéressé à la femme malheureuse et l'avait prise sous sa protection. C'était lui qui avait intercédé en sa faveur auprès du tenancier, pour qu'il acceptât de la recevoir et de la faire danser. Porquemaya, en effet, hésitait à engager Mariette. Il ne trouvait pas son nom assez connu et il doutait de son talent. Enfin, son arrivée mystérieuse lui faisait craindre la police et quand il n'y était pas absolument contraint, l'homme préférait éviter toute relation avec les représentants de la justice et de l'autorité.

Sans le moindre scrupule, afin de s'éviter à lui-même quelque ennui (qui d'ailleurs, jusqu'à présent ne s'était pas présenté), il eût, sans l'insistance de José Prisqui, jeté Mariette dans la rue.

Pour cette entremise, la femme apportait inconsciemment au danseur une reconnaissance éperdue. Elle le considérait un peu comme un grand frère protecteur. Que de lui à elle un sentiment plus tendre existât déjà, c'est possible. Mais d'elle à lui, non pas. Aussi bien, Mariette traversait alors une crise morale, trop douloureuse et trop profonde pour pouvoir vraiment aimer. Depuis longtemps, hélas ! l'amour n'avait plus de place en ses préoccupations ! Il lui suffisait de vivre, de gagner son pain en dansant et d'avoir auprès de Porquemaya, des autres danseuses et de José Prisqui l'illusion de l'amitié.

Le danseur et la danseuse demeuraient, en général, absolument indifférents aux conversations d'Antonio Précenti. « Chacun son métier », pensaient-ils et on les eût bien étonnés, en leur disant qu'un jour ils tendraient l'oreille aux manigances de l'homme. D'ailleurs, tendèrent-ils vraiment l'oreille ? Je ne le crois pas. C'est plutôt malgré eux, qu'ils entendirent les paroles que le brocanteur échangeait avec les marins. Cette histoire assez mystérieuse et énigmatique d'épaves exaltait leurs cerveaux, déjà un peu troublés par le bruit, le vin et les danses. Non moins énigmatique était pour leurs esprits l'île de San-Salvador. Ils en avaient déjà entendu parler de cette île, et souvent. Maintes légendes couraient à son sujet. D'aucuns la disaient hantée. D'autres, qu'une peuplade sauvage et inconnue y habitait encore. D'autres enfin, que des troupes de singes véritablement civilisés et à qui, pour être des hommes, il ne manquait que la parole, y avaient établi une colonie et une ville aussi moderne que celles des vrais humains. A la vérité, on ne savait rien de très précis et, enveloppée de son brouillard quelque peu hallucinant, l'île était vraiment attirante...

Jamais, chez Porquemaya, nul n'avait fait allusion à une expédition possible et Prisqui, le danseur, moins encore que tout autre. Or, le fait qu'Antonio Précenti envisageait, lui, sans la moindre peur d'aller à San-Salvador, démontrait aux jeunes gens que le danger, peut-être, était inexistant et, en tout cas, bien moindre qu'ils ne l'avaient imaginé.

Et, dans le même instant, leurs deux cerveaux connurent la même pensée :

— Puisque Précenti ne craint pas d'aller là-bas, lui, pourquoi n'irions-nous donc pas nous aussi ?

Sans la plus petite gêne, ils s'exprimèrent cette pensée.

Ils n'envisageaient point, toutefois, l'excursion qu'ils projetaient déjà comme une affaire. Pour eux, ce n'était qu'une partie de plaisir, une partie de bateau, comme ils en avaient fait plusieurs depuis l'arrivée de Mariette. Comme la plupart des femmes, la danseuse aimait le bateau. Prisqui était un habile rameur. Souvent, il avait offert à sa camarade une promenade en mer, mais jamais, je le répète, ils n'avaient été aussi loin que dans l'île — et n'y avaient même pas pensé...

— Ecoutez, Mariette, lui dit enfin José, pourquoi, demain, ne tenterions-nous pas d'aborder à San-Salvador ? Ce voyage me tente par son imprévu et avouez que vous aussi...

— Moi aussi, répéta la femme.

— Ce que Précenti est capable de faire, ne serais-je donc pas capable de le faire, moi, plus jeune, moi, plus fort ?...

— C'est l'évidence même, dit Mariette.

— Cependant, poursuivait le jeune homme, afin de ne point nous rencontrer avec lui et de lui laisser croire que nous marchons sur ses brisées, je crois préférable de ne partir pour l'île que plus tard... vers midi, par exemple... si la chaleur ne vous effraie point, Mariette...

— J'ai supporté des chaleurs plus fortes, José... et puis, je suis si curieuse, que je suis prête à tout.

— Dans ce cas, tout est parfait, conclut le danseur. Mais surtout, ne vous fatiguez pas cette nuit. Ménagez-vous, afin demain d'être tout à fait disposée.

— Comptez sur moi, José...

Mariette avait prononcé ces derniers mots sur un ton sérieux et grave, qui, malgré qu'il en eût, impressionna un peu l'homme. Il avait comme un pressentiment, que la promenade du lendemain ne serait peut-être pas une partie de plaisir aussi facile et aussi simple qu'avaient été les précédentes. Cependant, il avait été trop loin, pour pouvoir reculer. Il n'osa rien dire à la femme de son appréhension subite. D'ailleurs, le tour de la danseuse était venu de monter sur la scène. Elle ajusta son costume et quitta son compagnon.

Demeuré seul à sa table, José s'appuya sur

son coude et, la tête entre les mains, il se mit à réfléchir...

IV

DANS L'ÎLE DE SAN-SALVADOR

Raconter en ces lignes l'odyssée du *Martinière*, après que, sa provision de charbon épuisée, il dut aller par ses propres moyens dans la direction du Sud serait fastidieux, peut-être et déborderait sûrement le cadre du présent récit. Il faut savoir se borner. Aussi bien, le chargement du vapeur est trop peu digne d'intérêt, pour attirer l'attention de lecteurs vraiment honnêtes, et les survivants du naufrage, s'ils ne sont pas, eux non plus, de braves gens, dans toute l'acception du mot (et il s'en faut de beaucoup !), ont néanmoins pour eux, d'avoir eu le courage nécessaire pour essayer tout au moins de se révolter et de vivre leur vie. Mais passons...

Les passagers du bateau n'avaient point mangé depuis deux jours déjà, lorsque, parmi le brouillard d'une nuit épaisse et sans lune, le *Martinière* vint se briser contre les récifs de l'île San-Salvador. Ce fut une de ces catastrophes tragiques et si subites, que ses spectateurs, eux-mêmes, n'ont pas le temps de se rendre exactement compte de ce qui leur arrive. La plupart, déjà à moitié morts d'inanition, n'eurent point la vaillance nécessaire pour faire face au danger et tenter de se sauver. Ils se laissèrent couler, sans opposer la moindre résistance au destin et aux éléments. Par contre, les hommes bien trempés n'hésitèrent point à tenter le tout pour le tout. Mourir pour mourir, ils voulaient au moins lutter. Abandonnant les forçats, les hommes d'équipage avaient pu réussir à mettre un canot à l'eau et c'est à bord de ce canot que les trois marins qui s'étaient présentés à Antonio Précenti, avaient pu, non sans peine, gagner la côte. Quant aux autres, qui sur des planches disloquées, qui sur des radeaux, ils s'étaient égaillés parmi les flots. D'aucuns avaient péri ; d'autres, non sans des luttes terribles, avaient pu enfin aborder dans l'île. Sans le moindre espoir de secours, ils y vivaient alors en solitaires, tels de nouveaux Robinsons et ignorant même — car la superficie de San-Salvador égalait à peu près celle de la ville de Paris — la présence les uns des autres. Chacun vivait de son côté, dans son coin. Et d'ailleurs, assez bien.

San-Salvador, en effet, était une de ces îles où la Providence, semblait-il, avait réuni les plus beaux arbres de la création. N'eût été le mal inouï qu'il fallait se donner et souvent en pure perte, tant ses rocs étaient abrupts, pour pénétrer dans cette île, c'eût été vraiment un Paradis terrestre. D'ailleurs, c'est à San-Salvador, qu'une antique légende du pays a de tout temps placé l'Eden. Un homme qui pouvait se contenter de fruits, mais quels merveilleux fruits ! inconnus partout ailleurs, aurait pu y vivre indéfiniment. Par contre, dépourvu d'humains, l'endroit manquait de gaîté. Les quelques hommes naufragés qui au cours des siècles s'y étaient succédé mouraient de neurasthénie, bien davantage que de faim.

Toutefois, le temps n'avait pas été assez long depuis leur arrivée, pour que ceux qui avaient eu la grâce d'y atterrir s'ennuient déjà par trop. A la vérité, ils n'étaient point seuls. D'un côté, Lesueur, Finot et Goldini, inséparables jusque dans les naufrages, avaient eu tôt fait de se rejoindre et, à quelques kilomètres d'eux, Paul Gervais et Le Caradec, tous deux à la barre au moment de la catastrophe, avaient pu monter sur le même radeau. D'autres rescapés encore étaient à ce moment dans l'île, mais ceux-là, isolés, sauf à de rares exceptions, et, en tout cas, loin des deux premiers groupes.

. . . .

Dès que le brouillard qui, depuis leur arrivée, recouvrait San-Salvador et la mer environnante, se fut quelque peu dissipé, les trois hommes du premier groupe avaient été en reconnaissance. Ils voulaient retrouver les restes du *Martinière* et, si possible, édifier un campement, qui leur permît de résister aux attaques du temps. Tout leur faisait présager qu'ils étaient dans l'île pour un assez long temps — toute leur vie, peut-être — et ils croyaient sage de s'organiser définitivement. Satisfaits — ou à peu près — sous le rapport de leur nourriture, ils voulaient maintenant se protéger, ne sachant point s'ils n'avaient pas pour voisins immédiats quelques animaux plus ou moins féroces et amateurs de viande humaine.

Afin de ne pas se perdre, les trois hommes suivaient la côte. Agiles, ils sautaient de rocher en rocher et, ma foi, ils prenaient leur nouveau sort avec assez de philosophie et de résignation. En somme, ils auraient dû en ce moment être au bagne et tout, même d'habiter dans une île déserte, leur semblait préférable à ce que le gouvernement français leur voulait réserver.

Ils marchaient ainsi depuis près d'une demi-heure, lorsqu'ils aperçurent de loin, comme accrochées à l'un des rochers les plus avancés de l'île, les épaves du bateau. Mais quelle ne fut pas leur surprise, en entrevoyant également, un canot d'assez grandes dimensions qui tentait d'aborder !

Presque ensemble, ils s'arrêtèrent. Ils se frottèrent les yeux. Puis, comme s'ils voulaient s'avouer les uns des autres qu'ils n'étaient pas le jouet d'un rêve, ils se considérèrent.

— Qu'est-ce que ça peut bien être ? fit enfin Lesueur, qui, se croyant encore le chef, prenait les initiatives.

— Ça ! mais c'est un canot ! répondit simplement Finot.

Cependant, tout là-bas, les hommes, non sans mal, avaient pu atterrir. Les trois forçats n'avançaient plus. Prudemment, ils restaient immobiles et, de l'éminence où ils se trouvaient, véritable observatoire, ils considéraient ceux qui avaient pu enfin abandonner leur canot.

Alors, ils les virent qui allaient et venaient à travers les décombres du vapeur échoué. Tantôt, ils les apercevaient sur les planches, mais tantôt aussi, les visiteurs disparaissaient, cachés qu'ils devenaient par les flancs même du bateau. L'inspection dura longtemps.

Pendant tout ce temps, les forçats n'avaient point bougé. Ils avaient discuté entre eux de l'opportunité de se faire voir, mais la prudence même, leur avait conseillé de n'en rien faire. Ils s'imaginaient, en effet, que les autorités de la République argentine avaient dû apprendre le naufrage du *Marti-*

nière et qu'elles venaient, ces autorités, recueillir les survivants. Les forçats se souciaient peu de retomber sous la domination de qui que ce fût. Au prix des plus grands sacrifices, ils préféraient conserver leur liberté et leur indépendance. Aborder tôt ou tard en Argentine, ils y comptaient absolument, mais ils ne voulaient pas, en tout cas, que ce fût entre deux gendarmes.

Patiemment, ils attendirent donc la fin de l'inspection et ils ne reprirent leur marche en avant que quelques heures plus tard, au moment où ils s'aperçurent que les visiteurs avaient regagné leur embarcation et que celle-ci s'éloignait définitivement des parages de l'île.

— Chou blanc ! s'exclama l'un des hommes, ils n'ont rien pu trouver !

— Dame ! insista un autre. Si d'autres que nous ont pu s'en tirer, ils n'ont pas été assez bêtes pour aller se fiche dans leurs pattes...

Et, confiants dans leur étoile, ils poursuivirent leur expédition.

Ils n'étaient plus maintenant qu'à quelque deux cents mètres environ de l'endroit même où ils s'étaient échoués. Quelques minutes encore et ils seraient arrivés sur les épaves. Mais tout à coup, dans le silence qu'observaient alors les trois hommes, la voix de Goldini s'éleva, formidable :

— Acré, les gars ! acré !

Instantanément, les autres s'arrêtèrent. Et, considérant leur camarade, ils le questionnèrent du regard.

— Encore un canot, les gars !

De fait, ayant tourné les yeux du côté de la mer, ils aperçurent une sorte de barque qui se dirigeait vers l'île. Sur le premier moment, ils pensèrent que c'était le premier canot qui revenait, mais ils se rendirent bientôt compte de leur erreur. L'embarcation qui avançait alors était manifestement plus petite que la précédente et sa peinture était blanche, alors que l'autre était d'un brun foncé.

— Décidément, y a des amateurs aujourd'hui ! gouailla Finot.

Puis, comme la première fois, les hommes s'arrêtèrent prudemment et ils observèrent.

Beaucoup plus près de la mer qu'ils ne

l'avaient été lors de la première visite, ils pouvaient, de ce fait, voir avec plus de détails. Dans la première embarcation, il leur avait semblé apercevoir trois passagers, quatre peut-être (et ils étaient quatre, en effet, puisque c'était le canot d'Antonio Précenti et des trois matelots, rescapés du *Martinière*), mais ils n'auraient pu dire si ces hommes étaient jeunes ou vieux, ni comment ils étaient vêtus. Tandis que maintenant, ils voyaient dans la barque — et sans doute possible — un jeune homme et une jeune fille.

— Drôle de but pour une partie de campagne de jeunes amoureux ! ricana Lesueur.

— Eh ! eh ! fit Goldini, au moins ici ils seront sûrs de n'être pas dérangés et d'être bien tranquilles...

— Savoir ! repartit Lesueur.

Car une idée, lentement, venait de germer en sa tête.

— Qu'est-ce que tu veux dire ? le questionna Finot.

Mais pour l'autre, le moment n'était pas venu encore de dévoiler son plan.

— C'est mes oignons... tu le sauras quand il le faudra, vieux. En attendant, silence...

Puis, afin de n'être pas vus eux-mêmes, ils s'étendirent sur le sol, à plat ventre et continuèrent à observer.

La barque, en effet, venait d'accoster entre deux rochers. Le jeune homme en avait sauté, puis tendant la main à sa jeune compagne, il l'avait aidée à mettre pied à terre. Enfin, à l'aide d'une chaîne, il avait solidement amarré l'embarcation et, à côté de la femme qui l'attendait à quelques pas, il avait gravi un petit chemin abrupt qui montait entre deux rocs...

... Maintenant, la main dans la main, sous la fraîcheur des arbres, José Prisqui et Mariette d'Auteuil exploraient, insoucieux, l'île de San-Salvador.

<h2 style="text-align:center">V</h2>

UNE RENCONTRE

Toujours à plat ventre, les trois forçats, qui n'avaient pas bougé, considéraient le couple.

Celui-ci ne semblait en aucune façon se préoccuper des épaves qu'il laissait à sa droite, mais simplement de faire une promenade. Or, dans le même instant, les hommes eurent la même pensée.

« Pourquoi, se disaient-ils, ne profiterions-nous point de l'éloignement des jeunes gens, pour sauter dans leur barque et, nous éloignant de l'île, tâcher d'aborder sur une terre un peu plus civilisée ? »

Relevant la tête, Lesueur, Finot et Goldini se regardèrent. Et, en un coup d'œil, ils surent se comprendre.

Au point où ils en étaient, ils n'avaient plus aucun scrupule à commettre un forfait nouveau. Et puis, après tout, c'était leur vie qu'ils défendaient plus ou moins. En restant dans l'île, ils ne pouvaient savoir ce qu'il adviendrait d'eux. L'existence de sauvages qu'ils menaient depuis deux jours, n'avait rien pour les séduire et ils préféraient que ce fussent le jeune homme et la jeune femme qui demeurassent à San-Salvador !

— Et puis, se disaient-ils, leurs familles pourront s'occuper de les rechercher... ils ont des chances d'être sauvés. Tandis que nous !...

Et ils se décidèrent à s'exprimer alors, les uns aux autres, leur idée.

Le plan était d'une simplicité enfantine et si facile à réaliser, qu'ils décidèrent, sans plus attendre de le réaliser sur l'heure. Il s'agissait de gagner, en se dissimulant, l'endroit même où était amarrée la petite embarcation, puis d'y sauter et de la détacher. Un jeu, en vérité, pour des hommes qui, au cours de leur vie, en avaient fait bien d'autres !

Alors, en rampant presque, ils commencèrent le chemin qui devait les conduire à la mer. De temps en temps, ils se retournaient, pour se rendre compte qu'ils n'avaient pas été aperçus par le jeune homme et la jeune femme. Ceux-ci, fatigués sans doute, s'étaient assis au pied d'un arbre et, immobiles, l'un à côté de l'autre, contemplaient en bavardant la vue vraiment féerique qui s'offrait à leurs regards.

Mais, tout à coup, la femme poussa un cri.

Elle venait de voir remuer les hautes herbes parmi lesquelles se dissimulaient les trois hommes.

Tout d'abord, elle s'imagina que c'était quelque serpent. Quoique encore assez loin de l'endroit où elle imaginait le reptile, la peur la faisait frissonner. Sa main se crispa sur le bras de son compagnon.

— Qu'y a-t-il, Mariette ? Qu'avez-vous vu ? lui demanda José.

Pour toute réponse, la femme tendit un doigt dans la direction des forçats.

Déjà, le jeune homme s'était dressé et sans s'occuper d'un danger possible, il se dirigeait vers l'endroit que la femme lui avait montré.

Cependant, dans le même instant, Lesueur, Finot et Goldini, s'étant vus découverts, s'étaient eux aussi redressés. Ils n'avaient plus, maintenant, aucun ménagement à prendre et il s'agissait simplement, pour eux, de gagner le jeune homme en vitesse, pour parvenir avant lui au but qu'ils convoitaient. Alors, à travers les herbes et les haies, ce fut une course folle. Suivi de Mariette, José Prisqui, agile comme un singe et souple comme un danseur qu'il était, faisit des bonds formidables. Il sautait par dessus les lianes, tanids que les forçats, eux, s'y empêtraient et y perdaient du temps. Bref, José fit le miracle de parvenir à son canot avant les autres. Mais sa compagne n'était pas là, elle ! Il ne pouvait partir tout seul. Et les trois hommes arrivaient.

Ils semblaient résolus à tout. La désillusion d'avoir été découverts et la fuite de l'espoir qu'ils avaient caressé ajoutaient à leur fureur. Ils s'écartèrent un peu les uns des autres, dans le but très visible de cerner leur adversaire et de sauter sur lui. Mais José était sur ses gardes. Il se savait sinon assez fort, au moins assez agile pour échapper aux trois hommes. Et déjà, dans sa poche, sa main droite caressait le manche d'un poignard.

Vivement, il fit un léger bond en arrière. Il voulait se donner du champ pour tomber sur l'un des bandits et attaquer à son tour. Mais il n'en eut pas le temps. Prévenant sa ruse, Lesueur s'était jeté sur lui et déjà l'immobilisait.

C'est à ce moment qu'arriva Mariette.

Tout d'abord, la femme ne se rendit pas compte de ce qui se passait. Mais bientôt, sans savoir ce qu'elle faisait et obéissant à un mouvement réflexe, elle se jeta à son tour sur l'homme qui, par terre maintenant avec son compagnon (tandis que les deux autres, immobiles, regardaient simplement la lutte), tâchait à lui serrer la gorge.

Surpris par le poids de la femme, Lesueur, l'espace d'une seconde, desserra son étreinte. C'en fut assez cependant pour que Prisqui, par un brusque redressement, put se dégager.

Mais déjà remis du choc auquel il avait dû son instant d'inattention, le forçat tournait la tête. Et ses regards se croisèrent avec les regards de la femme. Alors, ce fut un double cri, qui laissa les assistants muets de saisissement, hébétés, sidérés :

— Marie !

— Lesueur !

L'homme et la femme se connaissaient !

Lesueur était devenu pâle comme un mort. Ses yeux étaient exorbités et, sans comprendre, il considérait fixement Mariette, à côté de laquelle José était revenu, comme s'il voulait la protéger. Pendant quelques instants, un silence angoissant plana au-dessus des groupes que formaient, d'un côté les forçats, et, de l'autre, le jeune couple. Mais, tout à coup, de nouveau furieux et en proie sans doute à une jalousie qui depuis longtemps devait couver en lui, le danseur sortit son poignard et n'obéissant qu'à sa rage, il se précipita sur les hommes de nouveau rapprochés. Certes, à ce moment, inconsciemment, c'était Lesueur qu'il voulait toucher. Mais celui-ci, en proie à la panique, n'attendit point le moment fatal. Il se sauva. Et la main haut levée de Prisqui qui tenait le poignard retomba comme une masse dans le cœur de Goldini. L'homme s'écroula comme une masse.

— Et d'un ! pensa le danseur.

Son sang espagnol décuplait ses forces et aussi son courage. A grandes enjambées, il courut derrière les deux fuyards. Mais l'avance de ces derniers, à qui la peur, comme on dit, donnait des ailes, augmentait de seconde en seconde. Ils dévalaient de rocher en rocher. Ils avaient atteint une étroite bande de sable, sur laquelle, l'un derrière l'autre, ils pouvaient courir librement, tandis que José, lui, se trouvait toujours dans es lianes. Cependant, il ne pensait même pas qu'il pourrait interrompre sa course. Son poignard ensanglanté à la main, il ne les quittait pas des yeux, mais bientôt, hélas ! il dut perdre tout espoir de les pouvoir rattraper et un formidable juron s'échappa de ses lèvres.

— Caramba !

En effet, Lesueur et Finot avaient pu enfin atteindre l'embarcation. Ils y avaient sauté. Et tandis que le premier saisissait déjà les rames, l'autre était parvenu à détacher la chaîne. Sur les flots d'un calme infini, la barque oscilla faiblement. Et, dans le même instant où José arrivait lui-même à la pointe du roc où il avait attaché son bateau, il ne put qu'apercevoir celui-ci qui, sous les violents coups de rame de Lesueur, s'éloignait déjà sur l'eau...

Tout d'abord, il n'éprouva point le sentiment de stupeur qu'il devait ressentir quelques instants plus tard, en revenant à la réalité et en se rendant compte qu'il était prisonnier dans l'île. Il n'eut que la peine infinie de voir s'éloigner ceux qu'il aurait voulu châtier. Sans pouvoir détacher ses yeux de la barque qui peu à peu diminuait de grosseur, il demeurait immobile, les doigts toujours crispés sur le manche de son poignard. Puis, machinalement, sans savoir ce qu'il faisait, le jeune homme en essuya le sang qui n'avait pas eu le temps de se coaguler et qui en dégouttait encore. Enfin, brusquement, il pensa à sa compagne et tristement, pensif, la tête basse, il revint sur ses pas.

La femme n'avait pas bougé, elle. Après la stupéfaction qui l'avait fait crier le nom, maudit par elle, de celui qu'elle venait de reconnaître, elle avait assisté, tremblante d'effroi, et muette, à la mort de Goldini. Puis, sans pensée, elle s'était laissé tomber par terre. Elle n'avait pas bougé de cet endroit. Et, maintenant, doucement, elle pleurait.

José Prisqui n'avait mis que quelques instants pour revenir jusqu'à elle. Il remit son arme dans son étui, puis dans sa poche, et sans mot dire encore, il prit place à côté de Mariette. Avec un grand geste fraternel, il passa alors son bras autour des épaules de sa compagne. Emu par son chagrin, il n'osait point la questionner, mais sensible aux attentions du jeune homme, elle laissa retomber sa tête contre lui. Et, à travers ses larmes :

— José ! Ah ! José ! soupira-t-elle.

L'homme garda le silence. Tout l'amour, qu'à son insu, il vouait à cette femme depuis qu'il la connaissait, remontait à son cœur. Néanmoins, il n'éprouvait à ce moment pour elle que compassion, qu'affection et respect. Il savait que tôt ou tard elle se confierait à lui et il n'osait la questionner déjà.

— Pleure... ah ! pleure, petite sœur ! lui disait-il tendrement.

Et patiemment, il attendait que son heure fût venue.

. . . .

A quelques pas des jeunes gens, Goldini, parmi les lianes, dormait de son dernier sommeil.

VI

RETOUR EN ARRIÈRE

Pendant un fort long temps, la femme demeura presque sans bouger, pelotonnée, contre la rude épaule de José Prisqui. Pas plus que son compagnon, elle ne se rendait compte de sa situation exacte, prisonnière qu'elle était dans l'île de San-Salvador. Sa pensée était encore trop absorbée par la rencontre inattendue qu'elle venait de faire. Et rétrospectivement, elle ne pouvait, la malheureuse, se défendre de frissonner.

Toutefois, peu à peu, la jeune femme se remettait. Ce qui dominait maintenant en elle, c'était une crainte, la crainte que le danseur la jugeât mal. Elle savait, sinon qu'il avait pour elle un véritable amour, au moins une grande estime. Or, elle tenait à cette estime, autant peut-être qu'à sa vie.

— Que doit-il penser de moi ? se demandait-elle.

Et cette question, à laquelle la pauvre femme ne pouvait se répondre la torturait étrangement.

Comme si, tout à l'heure, en reconnaissant Lesueur, son cri n'avait pas été cent fois plus fort que sa plus forte volonté, elle se reprochait d'avoir prononcé son nom. « Aux yeux et à l'esprit de José, se disait-elle, c'est une preuve, une preuve irréfutable que j'ai connu cet indigne bandit. »

Et, à nouveau, en elle, c'était la question angoissante :

— Que doit-il penser de moi ?

Alors, elle n'y tint plus. Et après un profond soupir, elle leva ses yeux encore tout embués de larmes vers les yeux de son compagnon qui, toujours aussi tendre, la pressait contre soi. Et cette fois, ce fut à lui et non plus à elle-même que Marie posa sa question :

— Que devez-vous penser de moi ? murmura-t-elle en un sanglot.

Pourtant, sa crainte était sinon vaine, au moins exagérée.

— Ce que je dois penser de vous ? Mais rien que d'excellent, petite sœur, lui répondit Prisqui, sur un ton qu'il s'efforçait de faire encore plus affectueux.

— Cependant...

— Cependant quoi, Mariette ?

— Cependant, cet homme... ce bandit... qui a prononcé mon nom ?

— Et après ? fit gaîment José, pour donner le change à la femme, cela prouve qu'il vous connaissait, voilà tout.

— Précisément... je l'ai connu... naguère... et c'est pour cela que je crains que vous me jugiez mal.

— Calmez vos craintes, petite sœur, reprit le danseur. D'abord, je n'ai pas à connaître votre vie, tout au moins celle que vous avez vécue, avant que le hasard nous fît nous rencontrer. Mais quand bien même la connaîtrais-je cette vie, ah ! qu'importe ?

Et soupirant, lui aussi :

— Qu'importe, car je sais, j'ai deviné que vous avez souffert et eussiez-vous mal agi — ce qui me paraît impossible, — vous êtes d'avance pardonnée pour les souffrances que vous avez connues...

— Ah ! vous êtes bon, José, vous êtes bon ! murmura la femme.

— Je m'efforce d'être juste, petite sœur, et cela, voyez-vous, c'est peut-être plus difficile que d'être bon, rectifia Prisqui.

Et, serrant violemment le poignet de Mariette, il l'éleva jusqu'à ses lèvres. Fougueusement, mais avec respect, il y déposa un baiser.

Cette tendresse puérile avait peut-être été plus éloquente qu'un véritable aveu. La femme ne s'y méprit pas. Cependant, son besoin de franchise la tourmentait trop pour demeurer plus longtemps silencieuse au sujet de son passé. Si lugubre qu'elle pût être, sa vie lui paraissait moins terrible que les imaginations qu'elle prêtait à son compagnon.

— Ecoutez-moi, José, lui dit-elle, écoutez-moi et soyez pour moi indulgent... Je voudrais vous conter ma vie... Ecoutez-moi...

Mais l'homme se révolta.

— Je n'ai rien à savoir, Mariette, je vous répète...

— Si, vous avez, reprit la femme. En tout cas, ma conscience a besoin de se libérer. Tant que vous ne saurez pas, il y aura entre nous ce secret qui m'est trop lourd. Ecoutez-moi, José, je vous en supplie... il faut que je vous dise...

L'homme alors resta silencieux.

Son mutisme était un consentement. Il avait pour la jeune femme trop d'affection sincère (et une affection sincère qui ressemblait de bien près à de l'amour), pour n'être pas, peu ou prou, curieux de son passé. Toutefois, il redoutait d'apprendre des détails qu'il eût préféré ne connaître jamais. Il n'était pourtant plus maître de la décision de Mariette. Car la femme voulait justifier, elle, son cri de tout à l'heure et déjà elle se racontait.

— Non, je n'ai pas toujours été danseuse, loin de là, disait-elle. A cette époque, je vivais à Paris et je travaillais simplement dans une grande maison de couture de la rue de la Paix, peut-être avez-vous déjà entendu ce nom, expliquait-elle à José, c'est celui d'une rue extrêmement élégante de la capitale française et où sont réunies la plupart des grandes maisons qui font et lancent la mode parmi le monde. Or, à cette époque, — et il n'y pas si longtemps de cela —j'avais fait la connaissance d'un jeune homme charmant. Je vivais seule. J'étais orpheline et naturellement pauvre. Je ne vous dis pas ceci pour m'excuser, José, mais uniquement pour ne rien vous cacher et vous expliquer quelle fut exactement ma vie. Ce jeune homme qui, lui, m'adorait, et que peu à peu je m'étais mise, moi aussi, à aimer, prenait de jour en jour une place plus grande dans mon existence et aussi dans mon cœur. Il était si exquis, si intelligent, si bon surtout, ah oui ! si bon !

« C'était un artisan. Ainsi nous appelons chez nous ceux dont la profession tient à peu près le milieu entre celle d'artiste, comme les peintres, et celle d'ouvrier d'art. Il avait longuement étudié — et seul, c'était un travailleur infatigable — les secrets et les procédés des anciens fabricants de céramique et de faïence et il avait rêvé de réaliser, grâce à ces procédés appliqués à la production moderne une fabrication spéciale. Il commençait, d'ailleurs, à réussir fort bien lorsque nous nous sommes rencontrés. Grâce à un petit héritage qui lui venait de ses parents, il avait pu acheter une petite bicoque dans les environs de Paris et y faire construire un four immense nécessaire à ses travaux. C'était en plein bois, à Viroflay exactement, mais ce nom ne peut rien vous dire, n'est-ce pas, puisque vous ignorez notre beau pays de France...

Ici, Mariette s'arrêta un instant. A l'évocation de son pays natal, un sanglot attardé vint lui serrer la gorge. Néanmoins, elle se fit violence et après un long soupir, elle poursuivit son récit.

— Je connus à cette époque un bonheur à peu près parfait. Il faut vous dire, José, que ce jeune homme gagnait bien sa vie et qu'il n'avait pas voulu que je continue à travailler chez les autres. Je vivais avec lui. Nous devions d'ailleurs nous marier. Je travaillais désormais à ses côtés. Je m'occupais des soins du ménage, de notre tout petit jardin, de la minuscule basse-cour et parfois aussi, je l'aidais dans ses propres travaux. Je vécus alors, mais pendant trop peu de temps, hélas ! le plus merveilleux des rêves. J'aimais. J'étais aimée. Je n'avais point de soucis, j'étais heureuse enfin... Mais il était dit, sans doute, que je ne connaissais un tel bonheur que pour retomber plus profondément dans l'abîme de chagrins et désolations dont je viens de toucher le fond. La ligne droite de ma vie se brisa brusquement. Car voici ce qui arriva...

Toutefois, à ce moment, José Prisqui, fit plus douce et plus tendre encore sa respectueuse étreinte. Il voulait ainsi, muettement, rassurer la pauvre femme. Il voulait aussi lui faire comprendre bien que, quoi qu'elle pût lui dire, elle pouvait compter sur toute sa protection.

— Car voici ce qui arriva, reprit la femme. A quelque cent mètres de notre petite maison se trouvait une autre maison à peu près de mêmes dimensions. Restée vide pendant longtemps, un homme, un jour, vint s'y installer. Et, de ce jour, commença pour moi une série de malheurs, dont je ne puis encore entrevoir le terme. Dès la première semaine de son arrivée, cet homme s'en vint rôder autour de chez nous, autour de notre jardin, de notre maison, de notre four. Comme je vous l'ai dit, nous étions en pleine forêt et isolés de tout vivant, nous ne nous occupions de personne. Tout d'abord, je ne m'occupai en aucune façon des allées et venues de notre nouveau voisin : quelque sauvage, comme nous, pensai-je qui, las du monde, de ses tourments et de ses bruits est venu se réfugier ici où il trouve enfin le calme et le repos. Mais, bientôt, je dus me rendre compte — et avec quel désespoir ! — que c'était à moi que cet homme en voulait, que ce n'était que pour moi qu'il rôdait ainsi autour de notre demeure, en un mot qu'il me convoitait.

« Pourquoi je ne le dis pas tout de suite à mon ami ? Je me le demande aujourd'hui encore, ou plutôt non, car je le sais. Si je ne lui dis rien, c'est que je craignais quelque éclat de sa part. Je savais qu'il m'aimait et qu'il était jaloux. C'était une des raisons pour lesquelles il n'avait plus voulu que je continue à travailler loin de lui. Comme moi, tout d'abord, il s'imaginait que notre voisin était un homme de caractère sauvage, qui venait rechercher dans la solitude des bois la cicatrisation ou l'oubli de quelque blessure morale. Il pensait même qu'un jour nous pourrions peut-être lier connaissance avec lui. Si j'avais dit à mon ami, un mot, un simple mot de ce que chaque jour je soupçonnais maintenant davantage, cela eût fait certainement du vilain. Mon compagnon se fût jeté sur lui. Je le savais très fort. Bref, j'appréhendais le pire et j'eus la faiblesse honteuse de ne rien lui dire, faiblesse que j'ai payée des plus odieuses souffrances et dont aujourd'hui — ah ! excusez-moi de vous le dire, José, mon grand ami, — je souffre encore éperdument...

De nouveau, pendant quelques instants, la femme demeura silencieuse. A mesure qu'elle avançait dans son récit, la confession devenait plus pénible. Et puis, en matérialisant ainsi son passé, les souvenirs, en foule, revenaient à son esprit pour la martyriser. Néanmoins, s'armant de tout son courage — et il lui en fallait, Mariette reprit bientôt la suite de ses aventures :

— Or, vers cette époque, mon ami dut s'absenter. Il était appelé en province, au chevet d'une parente malade. Je ne pouvais, de ce fait, l'accompagner. Mais, esclave du devoir, quel que fût son désespoir de s'en aller tout seul, il y fut bien contraint. Quant à moi, toujours pour ne pas lui dévoiler mes craintes au sujet de notre voisin, je dus surmonter ma peur, mon effroi, et mes appréhensions. Alors qu'en disant un mot à mon ami, j'aurais pu, pendant son absence, me réfugier à Paris, en ne lui disant rien, il me fallait demeurer dans notre maison perdue, en pleine forêt. J'hésitai encore. Mais non. Mieux valait me taire. Je ne lui dis rien. Mon ami partit. Je restai. Et je ne devais plus jamais le revoir, plus jamais...

Ici, malgré sa volonté tendue, Mariette ne put aller plus loin. Une crise de sanglots l'abattit brusquement contre l'épaule de Prisqui, qui, sans oser dire un mot, l'écoutait religieusement, avec la hâte maintenant de connaître la suite, bien qu'il la devinât. Se penchant vers la femme en larmes, il déposa un long baiser sur son front tout brûlant. Puis, matant son impatience, il attendit que Mariette se calmât. Quelques instants, qui au jeune homme, parurent interminables, se passèrent alors. Et la femme reprit :

— Notre voisin qui, je vous le dis tout de suite, était le bandit en face duquel nous nous sommes trouvés tout à l'heure et qui s'appelle Lesueur, n'attendit pas longtemps, pour commettre son forfait. Avait-il appris, je ne sais comment le départ de mon ami et

s'était-il aperçu qu'il n'était point rentré, je ne le sais pas non plus ? Toujours est-il que, à demi-morte de frayeur dans mon lit et dans cette chambre où pour la première fois j'étais seule, j'entendis tout à coup un bruit suspect qui venait du dehors. Suspect ? non, car « je savais », vous comprenez, José, « je savais » qui c'était, « je savais » que ce ne pouvait être un autre que Lesueur. Ma frayeur, à chaque seconde, devenait plus épouvantable. Une sueur glacée me couvrait tout le corps. J'étais incapable de me lever, de bouger même, dans ma couche, où je me pelotonnais. J'eusse été même incapable de crier, si, dans la solitude infinie de la forêt, crier eût pu me servir. A peine maintenant entendais-je les bruits et les aboiements de Fidèle, notre bon chien...

« Et puis, tout à coup, ce fut un coup de revolver. Je ne doutais point qu'il venait d'abattre ce chien.

« Alors, quelques secondes passèrent encore, qui me semblèrent plus interminables que des années ou que des siècles. Il me semblait, tant j'étais en proie à la peur, que je fondais. C'était en mon cerveau, un tumulte indescriptible. Je pensais à mes parents que j'avais perdus quand j'étais toute petite. Je récitais mentalement des prières que j'avais apprises lorsque j'étais enfant et qui, sous la violence de mon effroi, remontaient à ma mémoire.

« Mais, brusquement, la fenêtre se brisa. C'était « lui » qui arrivait...

« Alors, sans prononcer un mot, il se jeta sur moi. Il m'enfonça dans la bouche un foulard qu'il avait préparé à l'avance, puis, déroulant une corde qu'il portait autour de son corps comme une gigantesque ceinture, il m'entoura de cette corde en serrant de toutes ses forces. Il m'était aussi impossible de me dégager que de crier ou que de me défendre. Sous la violence du bâillon, j'étouffais. Les liens qui m'accablaient s'enfonçaient dans mes chairs. La douleur devint bientôt si forte, que je perdis la notion des choses et que je m'évanouis. J'eus seulement la sensation que, chose inerte, l'homme m'emportait sur une épaule, puis plus vaguement encore, je sentis la fraîcheur de l'air nocturne. Enfin, j'eus l'impression qu'une auto m'enlevait.

Mon ravisseur n'avait pas encore dit un mot.

« Combien de temps dura mon évanouissement, le voyage qui, à travers ma syncope, m'avait, dès le premier instant, semblé une fuite éperdue, je ne l'ai jamais su. Tout ce que je sais, c'est que lorsque je rouvris les yeux et que, fort lentement, je repris conscience de ce que j'étais moi-même, j'étais étendue sur un mauvais lit, dans une chambre misérable, dont les murs délabrés tombaient à peu près en ruines.

« Mais en quel endroit étais-je ? Je n'en savais absolument rien.

« Petit à petit, cependant, mes idées s'éclairaient. Relativement assez vite, je pus reconstituer le début de la nuit tragique, mon enlèvement, notre départ. Et, tout à coup, brusquement, je pensai à mon ami. J'éclatai en sanglots.

« La pensée d'être loin et séparée de lui pour un temps long sans doute, m'était, vous le concevez, douloureuse infiniment, mais moins peut-être que la pensée de son retour à Viroflay, lorsque, rentrant chez lui, il trouverait vide la petite maison. Ah ! que penserait-il de moi, le malheureux ? M'accuserait-il de complicité dans un départ dont j'étais la victime ? Croirait-il que, lasse de notre vie commune, je m'étais sauvée lâchement, de mon plein gré ? Et je frémissais, désespérément.

« Ma douleur, à ce moment, était si profonde et si forte, que si j'avais eu alors une arme à ma disposition, je me serais tuée sans la moindre hésitation. Hélas ! La chambre était vide ! Et puis, je le savais, je devais être épiée et mon gardien, quel qu'il fût, surviendrait avant que j'aie eu le temps d'accomplir mon projet.

« Je ne m'étais pas trompée.

« En effet, sans arme, je venais de penser simplement à me jeter par la fenêtre.

« Certes, cette détermination n'arrangerait en rien les choses et mon suicide ne parviendrait pas plus à consoler mon ami qu'à lui expliquer mon départ. Toutefois, je n'étais pas en état de réfléchir si loin et je sautai à bas de ma couche pour atteindre la croisée. Mais à peine avais-je avancé de deux ou trois pas que la porte s'ouvrit et que l'homme entra dans ma chambre. Il se précipita sur moi et, me prenant le poignet qu'il tordit presque, il me rejeta sur le lit. Enfin, il alla chercher un tabouret de bois qui occupait un angle de la pièce et, le rapprochant, il vint s'asseoir face à moi.

« Jamais je n'avais vu cet homme aussi bien, ni d'aussi près. Il avait une physionomie plus bestiale encore que vous n'avez pu vous en rendre compte tout à l'heure, José ! Sa bouche était alors un peu tordue et comme déformée par un rictus affreux. Ses yeux énormes, près de saillir de leurs orbites, étaient injectés de sang, et sur ses joues une barbe de huit jours achevait de lui donner un aspect de sauvage. Mais je n'eus guère le loisir de m'attarder sur les caractéristiques de ce visage odieux et repoussant. Car, déjà, il me parlait :

« — Il faut mettre tout de suite les choses au point, ma petite, me dit-il brutalement. C'est le meilleur moyen pour qu'il n'y ait entre nous aucun malentendu. Ecoute-moi... »

« Le tutoiement vulgaire de ce bandit m'était peut-être alors plus pénible que ses paroles. En l'entendant me parler ainsi, j'avais l'impression que cet homme m'injuriait. Mais que pouvais-je faire ? Ma douleur physique était telle qu'elle m'empêchait de bouger, mais même aurais-je pu esquisser un geste, je savais trop, pour le tenter, qu'il se serait jeté sur moi.

« Aussi bien, il poursuivait :

« — Voici exactement la situation, me disait-il. Désormais, tu es à moi, ma chose, ma secrétaire. Désormais, tu n'auras plus à t'occuper de rien, sinon à m'obéir et à exécuter strictement les ordres que te donnerai. Qui je suis, vas-tu me demander, et de quel droit je te parle ainsi ? Oh ! c'est bien simple ! Mon droit est celui d'un homme revenu de tout, même du bagne ! d'un homme affranchi de tous les préjugés et de toutes les morales devant lesquels se courbe encore la société stupide dans laquelle nous vivons. Voici. Qui je suis, maintenant ? Eh bien ! je vais te le dire aussi franchement, sans détours. Je m'appelle Lesueur. Oui, c'est moi Lesueur, l'assassin. Tu as peut-être déjà entendu parler de moi ou vu mon nom sur les journaux... C'est moi qui ai « zigouillé » la vieille bonne femme qui... Mais ce serait trop long à te raconter maintenant. D'ailleurs, mon procès a été célèbre et a fait du boucan. Les travaux à perpète... Et pas moyen de rouspéter... Je suis parti là-bas... Deux ans de bagne, oui, ma chère, mais, après ces deux ans, Bibi, qui n'est pas un imbécile, a trouvé moyen de ficher son camp. Bref, me voici : et en chair et en os, comme tu peux t'en assurer... Enfin... »

« A mesure que se déroulaient les phrases du bagnard, ma terreur augmentait. J'étais certaine, en effet, qu'il me disait la vérité. D'ailleurs, s'il m'avait menti, je ne vois pas pourquoi il se fût vanté ainsi. De nouveau, je tremblais de frayeur et c'est sans bien comprendre exactement que j'écoutais la fin de son récit.

· · · · · · · · · · · · · · · ·

Cependant, en écoutant la femme, José Prisqui sentait gronder en lui la colère et le regret de n'avoir pu, tout à l'heure, en finir immédiatement avec l'individu qui lui avait échappé.

Il se consolait vaguement, en pensant que néanmoins il avait pu supprimer un de ses amis qui, vraisemblablement, ne valait pas mieux que lui. Mais Lesueur, lui, était libre...

Il se pencha doucement vers sa compagne.

— Tu dois être fatiguée, petite sœur, lui dit-il avec tendresse... Repose-toi un peu, veux-tu, dors, même, si tu le peux... Et puis tout à l'heure, si tu le veux, lorsque tu seras remise de tes émotions...

Avec des gestes de mère, il étendit alors Mariette sur une couche de feuillage. De sa veste qu'il enleva, il lui fit un oreiller. Et, s'écartant un peu pour laisser la femme reposer plus tranquillement, il alluma une cigarette.

Devant lui il n'y avait que la solitude infinie de la mer ; derrière lui, que la solitude non moins infinie de l'île.

Mais quelque part, pas très loin, des oiseaux chantaient dans les arbres.

——————

VII

RETOUR EN ARRIÈRE (*suite et fin*)

— C'est dans une petite ville de province dont j'ignorais encore le nom, que mon ravisseur m'avait emmenée, reprit enfin Mariette, après s'être reposée quelques instants.

La jeune femme avait hâte, maintenant, d'achever sa confession. Grâce à l'affectueuse sollicitude de José Prisqui, elle oubliait un peu ses émotions et la tristesse de son destin. Aussi bien, le soleil qui baissait insensiblement éclairait de ses reflets d'or un paysage féerique. N'eussent été les contingences parmi lesquelles ils étaient parvenus dans l'île de San-Salvador, l'homme et la femme auraient pu se croire en quelque paradis terrestre. Et, somme toute, en songeant à la misérable chambre où elle s'était réveillée après son enlèvement et qu'elle avait évoquée quelques instants plus tôt, Mariette ne pouvait que se trouver bien, parmi la végétation luxuriante de l'île.

— Oui, continuait-elle donc, une petite ville de province, mais peu importe ! Prisonnière du bagnard, il me fallait désormais vivre, bon gré mal gré, à son côté. Le moindre geste de révolte aurait pu me coûter la vie et comme, bien que mon existence fût celle d'une prisonnière, d'une séquestrée, je ne voulais pas mourir, il me fallait supporter sans mot dire toutes les volontés de mon infâme tortionnaire.

« Ce qu'il faisait, lui, je ne fus pas longue à l'apprendre : affilié à une bande de gens de son espèce et qu'il avait retrouvés en revenant en France, il écoulait des faux billets de banque, que ses complices lui envoyaient régulièrement. Pour cela, il partait souvent pendant quelques jours en voyage. Mais alors il ne me laissait pas seule ! Un nouveau gardien venait le remplacer auprès de moi. Ce gardien était un vieillard à longue barbe blanche. Son aspect était grave, respectable et débonnaire, mais seulement en apparence. Je me rendis compte bientôt de sa véritable nature et il était en vérité si raffiné en ses méchancetés, si féroce et si cruel, que j'en étais arrivée presque à souhaiter à ces moments le retour de Lesueur.

« Quant à moi, je sortais à peine et rarement. Je faisais le ménage des deux sordides pièces dans lesquelles nous vivions, au fond d'une maison lépreuse et qui menaçait ruine. Je faisais aussi la cuisine. Enfin, de loin en loin, j'étais désignée pour aller échanger à mon tour quelque billet falsifié ; vous dire alors quelles étaient mes craintes, mes appréhensions, mes terreurs, est vraiment impossible. A ces moments, Lesueur me suivait à quelques pas. Je savais qu'il avait toujours son revolver à portée de sa main et que, à la moindre velléité, de ma part, de fuite ou de résistance, il m'eût abattue comme une chienne, comme notre pauvre Fidèle dont les aboiements et l'affectueux souvenir me poursuivaient sans trêve.

« J'obéissais donc. Comment aurais-je pu faire autrement ? Et puis, ma souffrance était telle, quand je pensais à mon ami, à cet homme que j'adorais et qui, peut-être, allait croire que je l'avais librement abandonné, que j'en étais devenue à demi folle. Lesueur en profitait, lui, pour me narguer, pour me choquer, pour me martyriser encore davantage.

« — Ah ! t'en fais pas pour lui, me disait-il, Bibi s'est occupé de lui. Et il est bien où il est, tu peux me croire... Y n'attrapera ni chaud ni froid et tu ne le verras sans doute pas d'ici longtemps...

« Le misérable disait vrai, hélas ! puisque, depuis, jamais... jamais...

Et comme chaque fois qu'elle se remémorait le souvenir de son ami, Mariette éclata en sanglots.

Pourtant, elle se domina. Elle était, je le répète, pressée d'achever.

— Combien de temps suis-je restée ainsi prisonnière ? Je ne pouvais, sur le moment, le savoir. Je ne lisais pas un journal. Tout d'abord, je comptais les jours ; mais, très vite, je m'embrouillai. Ce n'est qu'au moment où je pus enfin redevenir libre que je sus que près d'un an s'était passé depuis la nuit affreuse. Mais comment redevenir libre ?

« Depuis quelque temps, Lesueur était inquiet. Visiblement, il se sentait traqué. Or,

un soir, il ne revint pas. J'étais, moi, enfermée. Je passai la nuit à l'attendre. Jamais il ne s'était ainsi absenté sans, comme je vous l'ai dit, se faire remplacer par son mystérieux compagnon à longue barbe blanche. Or, l'homme n'était point venu. Quelque chose de grave avait dû se passer.

« Tout d'abord, je ne compris pas l'espoir insensé qui, peu à peu, s'emparait de mon esprit. J'avais pris tellement, sans doute, l'habitude d'être séquestrée, que je ne pouvais réaliser encore la vérité que j'étais libre ou presque. Mais bientôt, comme une folle, je m'élançai sur la fenêtre, verrouillée comme la porte. M'aidant d'une chaise, j'en brisai les carreaux et, sans souci du danger, je m'en fus tête nue, en descendant comme un singe, le long des tuyaux de gouttière. La volonté de fuir décuplait mes forces. Risquant le tout pour le tout, je me laissai glisser. J'arrivai enfin à terre, sur le trottoir. Et je commençai alors une course éperdue.

« Je ne connaissais rien de la ville où, depuis dix mois, j'étais prisonnière. Tout ce que je savais d'elle, pour l'avoir vu lorsque j'avais été échanger deux ou trois fois les billets de Lesueur, c'est que c'était un port de mer. Ma première idée, naturellement, avait été d'aller chez le commissaire de police et de tout lui raconter. Mais je réfléchis bientôt que mon aventure lui semblerait si extraordinaire qu'il ne me croirait pas. De plus, volontairement ou non, j'avais été et je resterais pour, la justice, la complice d'un faux monnayeur, d'un forçat évadé. Dans le cas où, de son côté, Lesueur aurait été arrêté, il ne se gênerait certainement pas pour m'écraser, pour m'accabler. Et que deviendrais-je, moi, alors ?

« Essayer de trouver une âme charitable qui voulût bien m'avancer la somme nécessaire pour me permettre de revenir à Viroflay, de retrouver mon ami ? J'y pensai aussi, bien sûr. Mais, là encore, je renonçai. J'avais peur de l'inconnu qui m'attendait là-bas, peur de mon ami, peur aussi qu'il m'ait, non pas oubliée peut-être, mais remplacée. D'ailleurs, à ce moment précis, je passais devant un magasin dont la haute glace me renvoya mon image. Et je me découvris si changée, si amaigrie, si décharnée, si laide, enfin, que le doute de ne plus être pour lui celle qu'il avait aimée me fit abandonner définitivement la pensée de le retrouver.

« Malheureuse et lamentable épave, j'errais alors, à demi-morte de fatigue et de faim, parmi les rues du port. Je me sentais si misérable que je ne doutais point qu'avant la fin de la journée je serais arrêtée comme une vagabonde. Mais il faut croire tout de même que ce n'était point là mon nouveau destin, car, passant devant un bureau de navigation et regardant machinalement les affiches apposées à la porte, je lus tout à coup : « On demande femmes de charge pour le *Colonel-Habert*, en partance pour la République Argentine. » Sans savoir même ce que je faisais, poussée par je ne sais quelle force de mon subconscient, j'entrai. Et, absolument comme dans un rêve, je me vis engagée.

« Une heure plus tard, je lavais déjà à grande eau, en compagnie de trois autres femmes, épaves dans mon genre, le pont et les escaliers du *Colonel-Habert*, dont l'équipage, je ne sais plus pourquoi, venait de se mettre en grève et qu'on cherchait à remplacer par mille moyens de fortune...

. . . .

Ici, de nouveau, la femme s'arrêta. Elle était arrivée au terme des souvenirs qu'elle avait résolu de confier à son compagnon. Et c'est très vite, alors, qu'elle ajouta pourtant encore :

— Comment, de femme de ménage, je suis devenue sur le bateau même femme de chambre de la célèbre danseuse Laura Manizza, dont la cameriste avait voulu rester en France... comment, peu à peu, cette artiste charmante me prit en amitié après avoir bien voulu me reconnaître quelques qualités de cœur et d'esprit... comment elle s'amusa, pendant la longue traversée, à m'apprendre quelques secrets de son métier... comment, grâce à ma patronne, je pus débarquer à Buenos-Ayres, faire à son côté la tournée triomphale qui décida de ma nouvelle vocation et comment, enfin, peu soucieuse de re-

tourner dans mon pays, je pus toujours, grâce à Laura Manizza, me faire engager par Porquemaya, ce sont des choses trop simples, après mon extraordinaire aventure, pour que, sur elles, je m'étende longuement. Vous en devinez, n'est-il pas vrai, José, la succession logique et, aussi bien, j'en suis certaine, elles ne vous intéressent point. Je tenais simplement, ô mon grand camarade, à vous expliquer le cri que j'ai jeté, malgré moi, tout à l'heure, en reconnaissant Lesueur, si loin de la chambre sordide où il m'avait enfermée. Je tenais aussi à vous faire comprendre, José, qu'en dépit des avatars de ma vie mouvementée, votre amie est restée pure. Si elle a été contrainte, par un homme sans vergogne, à faire des choses et à commettre des actions qui lui répugnaient et qui soulevaient son cœur de dégoût, elle est restée tout au fond d'elle-même la petite femme très simple, très timide, très bourgeoise, même, en dépit des apparences, que l'avait faite naguère sa parfaite éducation... Oui, voilà ce que je voulais que vous sachiez de ma bouche même, José, et laissez-moi vous dire encore — ce sera mon dernier mot — que si, malgré tout ce que je viens de vous confesser, vous m'avez gardé votre estime, je me jugerai suffisamment heureuse et je mourrai en paix.

— Ah ! peut-il être question de mourir, petite sœur ! s'exclama alors Prisqui, au comble de l'exaltation. Folie ! Nous sommes prisonniers de cette île, c'est vrai, mais crois tu donc que nous ne trouverons pas le moye. de nous en tirer ? Allons donc ! Quant à moi, devant l'immensité magnifique de cette nature apaisante, je fais ici le serment sacré que José Prisqui te vengera, Mariette, tu m'entends ?... Tu me comprends...

Et, plus bas, comme s'il voulait s'incruster bien ce serment en son cerveau :

— Oui, quoi qu'il arrive, je te vengerai... je te vengerai...

Puis, prenant enfin la femme entre ses bras, il lui donna un long baiser qui, la vérité me contraint à le dire, n'avait plus rien de fraternel...

QUATRIÈME PARTIE

VERS L'ESPOIR

I

SANS NOUVELLES

Deux fois déjà le soleil s'était couché, depuis que Mariette et José, dépourvus du canot que leur avait volé Lesueur, étaient arrivés dans l'île et contraints d'y demeurer.

Comme tous ceux qui, d'aventure, au cours des années et des siècles, avaient échoué à San-Salvador, ils ne s'effrayaient pas outre mesure de leur nóuvelle situation. Ils savaient, en effet, que les produits des arbres et du sol pourvoieraient, et largement, à leur alimentation. De plus, à cette époque de l'année, le climat de l'île était bon et la présence d'animaux féroces n'y avait jamais été signalée. En somme, je crois l'avoir déjà dit, n'eût été la difficulté quasi insurmontable à de certaines marées inconnues à l'avance, de pouvoir y aborder, l'île de San-Salvador eût pu être, pour les gens de Buenos-Ayres, le but de promenades, voire de parties de plaisir dominicales. Mais on sait qu'il n'en était rien. Et les deux jeunes gens ne pouvaient, en vérité, plus compter que sur le hasard pour être délivrés.

Ils étaient à peu près sûrs de pouvoir vivre, de ne pas mourir de faim et, pour eux, à ce moment, c'était — *primo vivere* — le seul point intéressant.

Quant à la pensée de retrouver Lesueur et de venger Mariette, ainsi que José le lui avait juré, il faut bien dire qu'en raison des circonstances nouvelles, elle était, cette pen-

sée, passée fatalement à un plan secondaire. Avant tout, Prisqui — nouveau Robinson — s'occupait de la vie matérielle de sa jeune compagne. Lui qui était du pays et qui en connaissait admirablement la flore, il choisissait pour elle les fruits les plus nourrissants, les baies les plus rafraîchissantes. Enfin, à l'écart, grâce aux matériaux qu'il avait pu se procurer en allant, — Dieu sait comment, mais il était d'une souplesse particulière et presque un gymnasiarque, — en allant, dis-je, jusqu'aux épaves du *Martinière*, il avait construit pour Mariette un abri suffisant pour la protéger, la nuit, de la brise marine et, avec beaucoup de bonne volonté, lui donner l'illusion qu'elle avait un petit chez elle.

L'existence de la jeune femme avait été trop tourmentée pour qu'elle fût difficile. Comparée à la chambre froide dans laquelle, pendant de longs mois, Mariette avait été séquestrée par Lesueur, le box que lui avait construit son compagnon lui semblait un palais. Là, au moins, elle ne subissait plus l'odieuse contrainte du bagnard et, si elle n'était pas libre, elle n'était, à tout le moins, prisonnière que de la nature et non plus, comme là-bas, de la volonté infâme d'un bandit.

En somme, grisés par les effluves troublants de la mer et de la forêt, heureux, au fond, d'être jeunes et d'être ensemble, ni la jeune femme, ni le jeune homme ne se trouvaient à plaindre. Ils vivaient comme de jeunes sauvages et l'affection qu'ils avaient l'un pour l'autre, déjà grande à leur arrivée, devenait de plus en plus tendre.

Ils avaient fixé leur petit campement à

proximité de l'endroit où ils avaient débarqué et où, plus tard, avait eu lieu la courte lutte dans laquelle Goldini avait trouvé la mort. Depuis longtemps, d'ailleurs, José Prisqui s'était débarrassé de la dépouille du forçat en allant la jeter à la mer, sépulture encore trop bonne pour lui, avait-il déclaré. Enfin, à côté de leur logis d'infortune, le jeune homme avait planté un mât arraché au *Martinière* et, grimpant tout en haut de ce mât, il y avait attaché bout à bout deux mouchoirs et un foulard. Ce drapeau, assez pittoresque étant donné les teintes vives du foulard en batik, devait, dans l'esprit du danseur, prévenir les bateaux qui pourraient passer au large de la présence dans l'île des deux abandonnés. Mais, tout au fond de lui-même, et sans rien dire à Mariette, pour ne point, toutefois, lui enlever ses espoirs, il ne se leurrait point sur la possibilité d'être ainsi délivré. En admettant même que quelque capitaine pût apercevoir de son bord le signal de détresse, aucun ne se risquerait à approcher des écueils qui entouraient San-Salvador. Quels que fussent les sentiments d'humanité des commandants de navires, la prudence et la sagesse les plus élémentaires leur ordonnaient de ne pas risquer la perte d'un bâtiment et l'existence de milliers de passagers pour sauver la vie d'un ou de deux naufragés.

Cependant, optimiste malgré tout, et en dépit de l'évidence même, Prisqui restait joyeux. Sa gaîté constante entraînait la gaîté de sa compagne. A tel point que souvent, « afin de ne pas nous rouiller », disait-il, il dansait avec la femme, composant des pas nouveaux, réglant avec elle des figures inédites et répétant enfin avec autant d'attention et de soin que s'ils devaient, l'un et l'autre, reparaître le soir même sur la scène improvisée de la Maison de Danses de Porquemaya.

Pour José, toute sa vie, ou à peu près, s'était concentrée sur Mariette : la possibilité de vivre à côté d'elle suffisait à le rendre heureux...

... Cependant, là-bas, dans le faubourg de Buenos-Ayres, dans la petite maison de Porquemaya, l'inquiétude régnait...

Il n'était pas rare, on le sait, que José et Mariette, souvent même accompagnés d'une autre pensionnaire, partissent en excursion. Mais jamais, si loin qu'ils eussent été, ils n'étaient revenus plus tard que pour dîner ou, au pis aller, pour la représentation. Lorsque, l'heure de se mettre à table étant passée depuis longtemps et qu'arrivaient déjà les premiers spectateurs sans que fussent rentrés encore le danseur et la danseuse, ce fut, chez Porquemaya, une vraie consternation. Par leur jeunesse, leur gaîté, leur caractère et leur entrain, le jeune homme et la jeune femme étaient sympathiques à tous et, dans les applaudissements qui montaient vers eux chaque soir, il y avait souvent davantage encore que de la simple admiration due à l'art et à leur talent.

Ah ! qu'avaient-ils pu devenir ?

C'était la question que chacun se posait — et posait à son voisin — car, ainsi que chaque soir, la salle se remplissait peu à peu et bientôt même fut emplie.

Les uns envisageaient un accident, les autres un retard dû à un tram ou à une auto en panne, mais aucun n'osait imaginer une fugue possible, une fuite amoureuse. On connaissait le caractère tout franchise et loyauté de Mariette et de José, et nul n'imaginait qu'ils eussent pu mal agir vis-à-vis de Porquemaya ou se cacher de lui. Si, en tant que patron, le tenancier de la Maison de Danses était assez souvent très dur et, comme on dit, près de ses intérêts, il était quand même, au fond, un excellent homme. Ni le danseur ni la danseuse n'auraient eu, d'ailleurs, de raisons de se cacher de lui ou de sa femme. N'étaient-ils point libres, indépendants, maîtres d'eux-mêmes et de leur vie ? Enfin, Porquemaya leur devait, à l'un et à l'autre, une assez grosse somme d'argent et ce n'est pas, n'est-ce pas, à la veille de faire en quelque sorte un petit voyage de noces, que des amoureux abandonnent bénévolement les moyens de régler les frais d'une escapade toujours coûteuse.

Or, à la vérité, abandonnés dans leur île, José possédait alors dans sa poche le maigre total de vingt-sept pesetas et Mariette, de quinze. Mais, fort heureusement, à San-Salvador, il n'était point besoin de monnaie et l'on a pu voir qu'en dépit de leur pauvre pécune, le danseur et la danseuse parvenaient à y vivre.

Mais il nous faut encore revenir à Buenos-Ayres.

La Maison de Danses, si gaie à l'accoutumée, était, ce soir-là, et les soirs qui suivirent, morne et comme désespérée. Esclaves de leur profession, les quatre danseuses qui restaient s'efforçaient de se surpasser pour faire oublier au public l'absence des deux meilleurs artistes. Mais il n'était que trop visible, hélas ! que le cœur n'y était pas. Les assistants eux-mêmes ne demandaient même pas à rire et à s'amuser ainsi qu'à l'accoutumée. Bien que ces assistants fussent, on le sait depuis longtemps, d'un étiage moral assez bas et d'une honnêteté plus que douteuse, ils se sentaient mal à l'aise et comme étreints par le pressentiment du malheur qui venait de s'abattre sur la Maison de Danses. Ils buvaient toujours, certes, mais silencieusement. Ils n'en buvaient d'ailleurs que davantage, mais autrement. Ils ne choquaient plus leurs verres. Ils ne tapaient plus sur les bouteilles. Ils ne montaient plus sur les bancs. Ils ne criaient plus. Ils ne frappaient plus dans leurs mains. Et, à de certains moments, pendant les nuits qui, quelques jours plus tôt encore, étaient des nuits de débauche et de fête, régnait un silence sépulcral au milieu duquel s'élevait, triste comme une mélopée, l'air de danse du guitariste et du mandoliniste attachés à la maison.

Cependant, parmi les habitués du bouge de Porquemaya, un homme conservait, en dépit des apparences de jour en jour plus tragiques, sa confiance et son calme.

Cet homme était Antonio Précenti.

Au cours de sa vie déjà longue, le petit bossu avait vécu trop d'aventures et assisté à trop d'événements souvent sensationnels pour s'émouvoir si peu que ce fût de la disparition d'un jeune homme et d'une jeune femme.

— Si un accident leur était arrivé, on le saurait, assurait-il chaque jour à Porquemaya et à ses familiers... Pas de nouvelles, bonnes nouvelles.

Il était absolument certain, en son for intérieur, qu'il ne pouvait, en vérité, s'agir que d'une fugue. Il ne pouvait comprendre l'inquiétude des autres et, toujours préoccupé par ses multiples affaires, il avait rejeté à un plan très secondaire la disparition de José et de Mariette, déplorant surtout, avec leur départ, la perte de deux bons clients.

Et puis aussi, il faut le dire, son esprit, à ce moment, était surtout accaparé par la pensée de mener à bien les transactions nécessaires au sujet de l'achat des épaves du *Martinière* que lui avaient proposé les trois matelots rescapés. Depuis le jour où, accompagné des vendeurs, Antonio Précenti avait été à San-Salvador pour passer l'inspection que l'on sait, et, en fait, se rendre compte de la valeur de la marchandise qu'on lui avait offerte, il ne pouvait plus détacher son esprit de cette affaire. Il la savait excellente. Mais il la voulait meilleure encore. Il n'avait pas été long, parmi les décombres du vapeur, à juger exactement de tout ce qu'il en pourrait sortir : bois, fers, cordages, cuivre, que sais-je encore... Il y a, sur un bateau, à peu près de toutes les matières, sans parler, naturellement, des surprises heureuses qu'il pourrait encore avoir, lorsque, seul, parmi les épaves, il aurait enfin le loisir de les explorer davantage et plus minutieusement que sous les regards gênants des trois matelots vendeurs.

Cependant, à Antonio, ceux-ci tenaient la dragée haute. Déjà mis en garde par les gens du port, qui les avaient adressés à lui pour la mystérieuse affaire, la physionomie même du gnome brocanteur leur avait conseillé d'être prudents et de ne pas accepter trop vite les pesetas du bonhomme. Ce n'était donc, depuis quelques jours, et de part et d'autre, que marchandage sur marchandage. Chaque nuit, les quatre hommes se retrouvaient à la même table du bouge de Porquemaya et, là, interminablement et parfois jusqu'au petit jour, ils discutaient encore les conditions du marché.

Précenti, toutefois, savait où il allait. Il attendait que la nécessité absolue de vivre et de manger réduisît enfin les trois hommes à accepter ses conditions. Il se doutait bien que leurs économies, maigres sans doute, fondaient de jour en jour et que, bientôt, sonnerait la minute où les vendeurs abdiqueraient.

Ce fut pourtant plus long que ne l'avait supposé tout d'abord le brocanteur. Un moment, énervé et pressé d'en finir, il avait pensé qu'il serait peut-être plus expéditif d'effrayer les trois hommes en les menaçant de les dénoncer. En somme, ils vendaient peu ou prou une marchandise qui ne leur appartenait pas. Mais le petit bossu abandonna son idée assez vite. Outre qu'il était relativement honnête, il pensa qu'avec des hommes de la force de ceux à qui il avait affaire, la perspective d'un chantage pourrait assez mal tourner. Seul dans son échoppe ou, un petit matin, en sortant de chez Porquemaya, son compte pourrait être réglé plus vite que celui de l'achat des épaves. Mieux valait donc encore temporiser et attendre sinon même élever un peu le prix qu'il avait fixé.

De leur côté, pressés de regagner leur pays natal pourvus d'un petit magot assez intéressant, — car, en somme, rien ne les retenait, eux, sur les rives de l'Argentine, — les marins consentirent enfin à abaisser un peu leurs premières prétentions. De concession en concession, le quatuor, une belle nuit, put se mettre tout de même d'accord. Ah ! il y eut, ce soir-là, en dépit de l'absence toujours inexpliquée du danseur José et de la danseuse Mariette, du bruit chez Porquemaya. On y vida de nombreuses bouteilles. Plus d'un assistant sut profiter de la générosité des hommes d'affaires et roulèrent sous la table. La beuverie se prolongea longtemps. Sans savoir exactement ce qui pouvait motiver une telle générosité chez le petit brocanteur, chacun s'imaginait bien qu'il n'avait pas dû, cette nuit-là, perdre son temps !

Perdre son temps ? Ah ! je pense bien !

Lorsque, sous le coup de quatre heures du matin, il sortit de la Maison de Danses, tous ses papiers bien en règle et son chèque remis aux hommes, Antonio Précenti était bel et bien propriétaire du *Martinière*, vapeur échoué sans doute, mais riche, du gouvernement de la République française.

Et il se frottait les mains...

———

II

UNE VISITE

A mesure que le temps passait, l'espoir que José et Mariette nourrissaient encore dans le fond de leur cœur diminuait. Dire que leur détresse était grande serait peut-être exagéré, car, abrités tant bien que mal sous la sorte de cahute que, tant bien que mal aussi, le jeune homme avait dressée, et assurés, d'autre part, de ne pas mourir de faim, ils prenaient leur situation sinon gaiement, au moins avec assez de patience et de philosophie.

Et puis, ils étaient ensemble...

A côté de leur abri assez rudimentaire, leur drapeau improvisé claquait toujours, sous le vent, à l'extrémité du mât qu'ils avaient planté. Mais, à vrai dire, pour les raisons de danger que j'ai déjà exposées ici, ils n'osaient plus compter beaucoup sur l'arrivée d'un bateau qui fût venu les délivrer.

— Si seulement nous avions avec nous un gramophone ! disait José Prisqui, qui s'efforçait, on le voit, de garder sa bonne humeur. Au moins, nous pourrions danser, travailler utilement !

Mais force leur était, dans le grand silence ambiant de l'île de San-Salvador, de se contenter du murmure des flots ou de s'accompagner eux-mêmes, quand ils tenaient à répéter certains pas de tango, de paso doble, ou toute autre figure nouvelle qu'ils exécuteraient à nouveau en public... Mais quand ?

Semblables à eux-mêmes, monotones mais beaux, quelques jours avaient passé...

Or, ce matin-là, comme José se promenait lentement, à quelques pas de son abri, il sentit tout à coup son cœur qui se crispait. Il considérait la mer. Et, sur cette mer, loin, très loin, il avait l'impression très nette qu'il apercevait un point noir.

Sa première pensée fut de courir à Mariette, de lui faire part de son espoir, de la prévenir. Mais non ! Il réfléchit dans le même instant que mieux valait ne rien lui dire encore et de la laisser dans l'ignorance, plutôt que de lui donner peut-être une illusion dont la non réalisation serait plus terrible pour elle que l'ignorance même. José resta donc à sa place. Il se laissa tomber à terre. Et, assis parmi les hautes herbes, il fixa de nouveau le point noir — ou l'apparence de point noir — interminablement.

Cependant, au bout de vingt minutes peut-être, il n'eut plus aucun doute. C'était bien, en effet, une embarcation qu'il avait aperçue. Or, cette embarcation, d'instant en instant, grossissait aux regards et se dirigeait sans nul doute du côté de San-Salvador.

— Ah ! quel homme est donc assez fou pour risquer sa peau sur les écueils de ces parages, pensait le danseur. Il faut avoir, comme je l'ai eu, hélas ! le diable au corps, pour tenter semblable aventure ! Car je ne puis croire en vérité que le passager du canot ait aperçu mon drapeau, ce signal de détresse !

Mais à quoi bon réfléchir ainsi ? Seule importait la vérité et la vérité était qu'un bateau cinglait tout droit vers l'île. Voilà.

Joyeux comme un enfant à qui l'on annonce un plaisir ou des vacances, José voulut que Mariette partageât tout de suite sa joie. Il courut jusqu'à son abri et, tout en battant des mains :

— Sauvés, petite sœur !... s'écria-t-il.

— Sauvés ?... Mais comment cela, sauvés ?

— Je viens d'apercevoir une barque...

— Et vous êtes sûr, José, tout à fait sûr ?

— Aussi sûr et certain que je le suis d'avoir plus que de l'affection pour ma petite sœur !

Le jeune homme et la jeune femme se regardèrent en souriant.

Malgré eux, ils se sentaient émus. Ils comprenaient qu'en dépit de tout, ils vivaient là leurs dernières minutes de solitude vraiment complète et ils comprenaient surtout qu'une ère nouvelle allait commencer pour eux. Parler ? Ah ! ils auraient bien voulu parler et pouvoir exprimer tout ce qu'ils ressentaient, mais vraiment ils n'osaient pas. Ils savaient trop qu'ils ne pourraient prononcer alors que des paroles définitives et ni l'un ni l'autre n'osait.

— Qui peut bien venir jusqu'à l'île en canot ? questionna Mariette, pour faire diversion.

— Certainement quelqu'un qui vient pour ses propres affaires, répondit José ; et, à mon avis, au sujet des épaves. Pour tout te dire, sœurette, je ne serais point surpris que ce soit Antonio Précenti qui, seul ou accompagné, vienne jeter un coup d'œil sur le bateau échoué.

— Ah ! certainement, c'est lui, reprit Mariette, ce ne peut être que lui ! Comment n'ai-je pas pensé plus tôt qu'il viendrait ainsi ? Rappelez-vous, José, sa conversation, l'autre nuit, avec les marins inconnus, chez Porquemaya...

— Je me rappelle d'autant plus cette conversation, sœurette, que c'est à elle, en somme, que nous devons d'être ici. Si je ne t'en ai pas parlé plus tôt, c'est que je ne voulais pas éveiller en toi un espoir plus long, peut-être, à se réaliser que je ne le pensais. Enfin, nous voici sauvés ou à peu près, Mariette...

Et, après un soupir, sur un ton tout différent :

— Mais dois-je m'en réjouir ?

En effet, seul avec la jeune femme dans l'île abandonnée, il avait connu à son insu des heures de bonheur ineffable. Loin des hommes, loin du bruit et de la société, il venait de connaître, pendant quelques jours, un retour à une vie simple mais où, de son côté du moins, l'amour n'était point banni. Son calme et ses joies douces lui avaient caché le péril de sa situation. Or, maintenant, la seule vue de l'embarcation qui, il n'en pouvait plus douter, allait aborder dans quelques instants, cette seule vue, dis-je, lui faisait appréhender sa rentrée dans l'existence. Petit à petit, et bien plus vite qu'il n'aurait cru, José Prisqui s'était accoutumé à la solitude à deux. Au moins, à San-Salvador il n'avait aucun souci moral et matériel, tandis qu'il ignorait encore ce que lui réservaient les jours qui allaient suivre. Enfin, il faut tout dire, le serment de la venger qu'il avait fait à Mariette était trop obsédant pour ne pas le tourmenter. Le souvenir de l'homme qui, à son nez et à sa barbe, comme disent les gens du peuple, s'était sauvé sur son propre canot à lui, Prisqui, le poursuivait comme un remords.

— Ah ! je n'aurais pas dû le laisser fuir !

se gourmandait-il, sans vouloir se rappeler qu'il avait fait tous les efforts nécessaires et que, s'il n'avait point réussi, la faute en était uniquement à la fatalité.

A la pensée du bandit, José serrait les poings. La confession de la danseuse remontait à sa mémoire.

— Dès que j'aurai mis le pied à Buenos-Ayres, se disait-il, tous mes instants seront consacrés à la recherche de cet homme et alors... Ah ! alors ! je tiendrai ma promesse et je la vengerai.

Encore dans l'île malgré tout, il s'imaginait déjà dans la capitale de la République Argentine. Il en connaissait tous les coins et les recoins, les repaires, les bouges, les retraites les mieux cachées et, à part lui, sûr de soi, il se flattait de ne pas mettre huit jours à retrouver Lesueur, si bien terré qu'il pût être.

. . . .

Ainsi, confusément, pensait José Prisqui qui, à côté de Mariette, considérait l'immensité bleue de la mer, sur laquelle le point du canot se détachait, de plus en plus visible.

Après quelques instants, il répéta sa question restée jusqu'alors sans réponse :

— Mais dois-je me réjouir, Mariette, que nous soyons sauvés ?

Pas plus que la première fois, la femme ne répondit, tout au moins effectivement. Mais sa main chercha la main de Joé et elle la pressa longuement, avec tendresse...

José Prisqui ne s'était pas trompé. Le petit canot qui n'était plus, maintenant, qu'à quelques centaines de mètres de l'île, contenait le brocanteur Antonio Précenti, qui venait reconnaître la qualité de la marchandise qu'il avait enfin définitivement achetée et qui, en fait, était à lui.

Mais il n'était pas seul dans son embarcation !

Il avait amené avec lui un de ses associés : el señor Ricardo de la Basteranas. Ce Ricardo appartenait à l'une des plus riches et des plus puissantes familles de l'Argentine. Officiellement, il était banquier et la Banque de la Basteranas était connue du monde entier. Cependant, la finance était loin de suffire à l'activité de son chef et à sa fièvre de travail. Ricardo aimait trop l'aventure pour se contenter des émotions, réelles, certes, mais sédentaires, des jeux de Bourse. Aussi, tenté par le goût du risque et aussi par le danger (ne répétait-il pas sans cesse que la vie ne vaut d'être vécue que si elle l'est dangereusement !) avait-il commandité secrètement maints forbans de haute mer, maints contrebandiers, maints individus, enfin, aux agissements plus ou moins louches. Précenti était du nombre. Muni des capitaux immenses que, suivant les besoins, Ricardo de la Basteranas mettait généreusement à sa disposition, le petit gnome bossu avait pu réussir les affaires les plus inattendues qui n'avaient, on le conçoit, qu'un rapport assez lointain avec les transactions plus terre à terre auxquelles il se livrait chez lui, par exemple quand il vendait des éventails et des châles aux danseurs de Porquemaya... Mais passons !

Si Ricardo de la Basteranas aimait de vivre dangereusement, il fut, on peut le dire bien servi ce jour-là. Plus de vingt fois, au cours de la traversée, l'embarcation manqua de s'abîmer contre les récifs qui entourent, on le sait, l'île de San-Salvador. Heureusement sortis, mais non sans peine de la zone redoutable, les deux hommes devaient affronter maintenant les périls de l'abordage.

Des courants sous-marins et des influences météorologiques encore à peu près inconnus jusqu'à ce jour font que les côtes de l'île sont presque constamment soumises à une sorte de raz de marée. Le déchaînement de l'eau est d'autant plus terrible qu'il est plus pernicieux. Nulle saute de vent n'accompagne la saute effroyable souvent des vagues. Et tel qui croyait avancer sur une mer aussi calme qu'un lac est bientôt pris dans un tourbillon et soulevé par une vague de fond pour retomber presque instantanément dans une sorte de puits, gouffre liquide et redoutable. Aucune « montagne russe », aucun « scenic railway », ne pourrait donner aux amateurs de ce genre de distractions une idée, même approximative de ce qu'était un abordage à l'île de San-Salvador.

Toutefois, Antonio Précenti avait connu dans son existence assez aventureuse suffisamment de marins et de pilotes expériments pour avoir appris de ces hommes d'expérience quelques secrets de leur métier. Si le danger, ce jour-là encore, fut grand, les hommes purent néanmoins, après une demi-heure environ, attacher enfin leur canot au rocher même, où, quelques jours plus tôt, il avait été attaché déjà, précédant de quelques instants l'arrivée de cet imprudent José Pris qui lui-même...

— Ouf ! soupira malgré lui Ricardo de la Basteranas ! Je ne suis pas du tout mécontent d'être arrivé, savez-vous, Antonio ?

— On n'a rien sans peine, señor, répondit sentencieusement le gnome.

— A qui le dites-vous ! continua le banquier, mais avouez qu'une affaire telle que celle que vous venez de conclure si heureusement est diablement plus amusante, plus intéressante et plus passionnante que toutes celles que je puis faire, moi, sans quitter mon fauteuil et en saisissant simplement dans la main droite le cornet de mon téléphone !

— Diablement ! Le mot n'est pas trop fort ! approuva le brocanteur, qui désormais méritait peut-être un nom un peu plus reluisant.

Cependant, tout en parlant, les hommes avaient avancé du côté des épaves. Ils y arrivèrent bientôt. Aussi agiles que de tout jeunes gens, ils se hissèrent parmi les décombres et commencèrent leur inspection.

Il faut croire que l'affaire était plus belle encore qu'ils ne l'avaient espérée et qu'ils allaient de surprise heureuse en surprise heureuse, car, de seconde en seconde, une oreille indiscrète eût pu saisir mainte exclamation qui sourdait des flancs du vapeur échoué.

— Mirifique !
— Grandissimo !
— Sublime !

C'étaient Antonio et Ricardo qui exprimaient ainsi leur joie. A leurs premières exclamations succédèrent bientôt des chiffres imposants qui, eux non plus, n'auraient pu laisser de doute à l'oreille indiscrète sur la valeur réelle du marché conclu, la veille au soir, entre les trois marins et le petit bossu.

Enfin, après avoir continué quelque peu encore leurs intéressantes explorations, les deux complices décidèrent de se reposer, et surtout de déjeuner. Ils n'avaient pas du tout compté, eux, sur les ressources de l'île. Ils étaient pour cela trop positifs et trop pratiques et Ricardo de la Basteranas avait jugé préférable de demander à son vieux cuisinier de lui préparer un délicat et copieux repas froid pour deux personnes. En quittant son canot, le banquier n'avait point oublié d'y prendre le vaste panier des provisions, panier aussi confortable que bien garni, panier de camping et plus généralement réservé aux promenades en automobile qu'aux expéditions dans une île déserte.

Aussi simplement et aussi naturellement qu'eussent pu le faire des touristes en partie de plaisir dans la forêt de Fontainebleau ou dans les bois de Chaville, Antonio et Ricardo installèrent leurs couverts sur le sol, parmi les hautes herbes, puis, mis en appétit par la traversée, le grand air et aussi, il faut le dire, par leur joie, ils se mirent à dévorer à belles dents, tandis que précautionneusement, une bouteille de champagne français rafraîchissait dans un trou d'eau voisin de la place que les hommes avaient choisie.

Les convives étaient heureux, satisfaits de leur affaire et peut-être aussi du merveilleux panorama qui s'étendait sous leurs regards ; ils jouissaient pleinement de ce que leur destin et aussi la nature venaient de leur accorder. Le sentiment qu'ils étaient seuls dans l'île et loin, bien loin de toute présence humaine, ajoutait encore à leur profond bonheur.

Mais étaient-ils, vraiment, aussi seuls qu'ils le croyaient ?

La faim, dit-on, fait sortir le loup du bois. Le vieux proverbe, une fois de plus, devait se vérifier. De fait, bien qu'ils n'eussent pas faim, mais, qui sait ? attirés peut-être par l'odeur du poulet rôti (on sait que depuis quelques jours Mariette et José s'étaient uniquement nourris de fruits et de cucurbitacées), les deux réfugiés se rapprochèrent doucement de l'endroit où mangeaient les deux associés. L'épaisseur de l'herbe étouffait le bruit de leurs pas comme un tapis de haute laine. Mais bientôt, le danseur et la danseuse arrivèrent si près des deux hommes que ceux-ci, effrayés, sursautèrent et se mirent debout.

Cependant, leur frayeur ne dura pas long-temps.

Tout de suite, Antonio Précenti avait reconnu les pensionnaires de son ami Porquemaya et, avec un accent dans lequel il y avait sans doute quelque chose de plus tendre que de la simple surprise, il cria leurs deux noms. Puis, bientôt :

— Ah ! par exemple ! si je m'attendais à avoir aujourd'hui des invités à déjeuner, ce n'est certainement pas vous !

Heureusement, je l'ai dit, Ricardo avait fait préparer un copieux repas. Quand il y en a pour deux, il y en a pour trois, dit-on. Or, ce jour-là, il y en avait, non seulement pour trois, mais pour bien davantage. Protocolairement, le petit bossu présenta José et Mariette à son associé de la Basteranas et, sans dédaigner la chaleureuse invitation du banquier, les deux jeunes gens s'installèrent à leur tour.

— Allons, mangez, mangez et ne vous gênez pas, surtout, mes pauvres petits, insistait Antonio que la réussite attendrissait.

Puis, se tournant vers Ricardo et lui désignant José et Mariette.

— Ah ! regardez-les, señor, et considérez le délicieux spectacle que nous offrent ces enfants ? Pour moi, ils personnifient l'amour ! Et n'ont-ils pas raison de croire que, seul, l'amour vaut la peine de vivre, alors que nous deux, ne pensons qu'aux affaires ?

Une larme perla aux paupières de Précenti.

Peut-être, en cet instant, regrettait-il sa vie, peut-être évoquait-il le souvenir lointain d'une femme qu'il avait aimée ?

Mais, très vite, il se reprit et impatient de tout savoir :

— Ah ! vous allez nous raconter, mes bons amis, car, pour un hasard...

José ne put réprimer un sourire. Il pensait à part lui que le hasard n'était peut-être pas aussi grand que le croyait le brocanteur, puisque c'était lui-même qui, l'autre nuit, avait à son insu, donné aux jeunes gens l'idée de venir ici. Il n'en dit cependant rien, mais il crut devoir répondre à la curiosité du gnome.

— Depuis longtemps, dit-il, Mariette et moi, étions hantés par l'idée de venir ici. Nous voulions nous assurer par nous-mêmes, si tout ce que l'on disait sur l'île de San-Salvador était bien véridique. Nous pûmes arriver sans trop d'encombre, mais nous avions compté sans des bandits, probablement rescapés d'un navire en perdition et réfugiés ici. Ces bandits, sans plus de façon, s'emparèrent de notre barque et c'est ce qui vous explique, mon cher Précenti, non seulement pourquoi nous avons manqué notre entrée en scène chez le bon Porquemaya, le soir de notre escapade, mais encore pourquoi nous n'avons pu, hélas ! rejoindre encore Buenos-Ayres...

— Savez-vous que, là-bas, à la Maison de Danses, vous avez plongé tous vos amis dans la plus terrible inquiétude ? questionna Antonio. Porquemaya a fait réciter pour vous des prières et plus d'un mécréant, habitué de l'endroit, est allé implorer la Santa Madona.

— Il faut croire qu'elle a entendu les supplications, Précenti, puisqu'elle vous a désigné pour venir nous délivrer...

Ainsi, tout en déjeunant, bavardaient les convives. A mesure que le temps passait, une plus chaude cordialité réunissait les assistants. Outre les mets choisis dont se composait le repas froid de Ricardo de la Basteranas, le vin de champagne agissait sur les esprits. Leur joie allait en augmentant et chacun se réjouissait, les uns d'avoir fait une excellente affaire commerciale, les autres d'être enfin délivrés et d'avoir l'assurance de pouvoir, dès ce soir même, reprendre chez Porquemaya leurs représentations de danses.

Le déjeuner achevé, Ricardo sortit une bouteille thermos qui contenait assez de café — et conservé bouillant — pour que chacun des assistants pût en boire une grande tasse. Les hommes fumèrent les excellents havanes du señor de la Basteranas et la jeune femme se contenta, elle, de quelques fines cigarettes. Enfin, les deux associés demandèrent aux danseurs la permission de se retirer quelques instants, pour achever leur inventaire. Le départ fut fixé pour deux heures plus tard...

N'ayant, eux, rien à faire en attendant le moment de ce départ, José et Mariette étaient restés sur l'herbe, assis côte à côte. Le jeune homme avait posé sa main sur la main de la jeune femme et il la caressait tendrement. L'un et l'autre savaient qu'ils goûtaient là les derniers instants d'une solitude qu'ils ne retrouveraient sans doute plus jamais et à de certains moments, elle avait été trop douce, cette solitude, pour qu'ils ne regrettent pas — peut-être— les jours et les nuits qu'ils venaient de vivre. A la veille de reprendre place parmi la société, de retrouver la vie ordinaire, banale et quotidienne, leurs pensées, tremblantes devant le grand inconnu de l'avenir, communiaient dans les souvenirs.

Perdus dans leurs rêveries, ils ne s'étaient ni l'un ni l'autre aperçus que le temps s'obscurcissait et ce ne fut que lorsqu'un orage qui arrivait avec rapidité fut presque sur l'île même que, reprenant contact avec la vérité, ils virent enfin les hautes vagues de la mer démontée.

Dans le même instant, d'ailleurs, Antonio et Ricardo se précipitaient vers eux.

— Vite ! vite ! crièrent-ils aux jeunes gens. Il nous faut avancer notre départ et nous embarquer sans retard. Si l'orage éclatait avant que nous ayons pris le large, nous serions obligés de demeurer dans l'île jusqu'à ce qu'il se fût calmé et les orages, vous le savez, se prolongent souvent ici pendant des semaines entières.

A peine les deux hommes avaient-ils eu le temps d'empaqueter les objets les plus précieux qu'ils avaient tirés des épaves et qu'ils voulaient rapporter chez eux, Mariette, elle, avait rangé en hâte la malle de camping. Ils se dirigèrent en courant à toute vitesse et dégringolant presque de rocher en rocher, jusqu'à la pointe de celui où était attaché le canot d'Antonio.

— Pour un départ précipité, on peut dire que c'est un départ précipité ! s'exclamait Ricardo.

— Bah ! nous reviendrons, le consolait Précenti. On se fait tout un monde chez nous d'une expédition à San-Salvador, mais ce n'est, au fond, qu'une affaire d'habitude...

Non sans un peu de mal, mais en bon ordre cependant, les quatre compagnons purent prendre place dans le canot. Le ciel était devenu d'un noir d'encre. Les vagues se soulevaient de plus en plus rapidement et le petit jeu de scenic railway avait repris plus violent que jamais. Pourtant, en marin éprouvé, Antonio Précenti était assez vite parvenu à détacher l'embarcation. Tout de suite elle avança et, en moins de deux minutes, elle était parvenue déjà à assez bonne distance de l'île.

A ce moment, un éclair zébra le ciel, tandis que, venant de San-Salvador, les passagers entendirent des cris, comme des appels, de longues exclamations...

Dans un même mouvement, tous les regards se braquèrent vers la place qu'ils venaient de quitter.

Or, quelle ne fut pas la stupeur des trois hommes et de la femme en apercevant deux silhouettes qui, dans l'orage déchaîné maintenant, faisaient à leur endroit des signes désespérés !

L'une de ces silhouettes était celle d'un vieillard, l'autre celle d'un homme qui, par son allure, sinon par ses traits dont il était impossible de reconnaître les détails, paraissait bien plus jeune que son compagnon. Monté sur le mât, au sommet duquel s'agitaient les foulards-drapeaux du danseur, il agitait sa ceinture en signal de détresse et il criait. Ah ! comme il criait !

Alors, très vite, dans le canot, il y eut une brève discussion.

En effet, bien qu'il y eût, à la rigueur, assez de place pour les deux abandonnés, l'orage qui grossissait de minute en minute était devenu si violent, que revenir vers l'île, c'était aller presque à coup sûr vers une mort certaine. Les sentiments d'humanité de chacun des passagers du canot disparaissaient devant le danger terrible qu'ils auraient eu à affronter en revenant en arrière. La manœuvre était devenue à peu près impossible et, poussée par le vent, l'embarcation fuyait de plus en plus vite vers le large.

— Croyez-vous que nous aurions une chance de nous en tirer, Précenti, en retournant délivrer ces malheureux ? demanda Ricardo.

— Une sur cent, peut-être, répondit le bossu.

— Dans ce cas... fit de la Basteranas, sans oser achever sa phrase.

— Cependant, osa Mariette, il me semble que notre devoir...

La voix de Précenti s'éleva alors, violente et impérative.

— Notre devoir est de nous sauver — nous — d'abord ! fit le brocanteur. Je suis le chef de l'expédition. Or, vous le savez, le capitaine après Dieu est seul maître à son bord. J'ai dit...

Tout en parlant, il ramait. Léger et porté par les vagues, le canot fuyait toujours.

— Maintenant, silence ! reprit Antonio. Tant que nous n'aurons pas dépassé la ceinture d'écueils et de récifs dont est entourée l'île, j'ai besoin de tous mes esprits pour reconnaître mon chemin et, d'autant plus, que l'orage et l'obscurcité grandissante rendent ma tâche périlleuse. Si un seul d'entre vous a le malheur de prononcer un mot, je ne répondrai plus de rien...

Cette déclaration glaça les assistants. Aucun des trois n'avait plus envie de revenir en arrière délivrer les captifs. Le cœur angoissé et craignant pour leur propre vie, ils se pelotonnèrent sur le banc où ils étaient assis. Mariette était rencognée contre José et, la main dans la main, les jeunes gens. mentalement, priaient, tandis que l'orage redoublait de violence et que, presqeu à chaque seconde, l'horizon s'embrasait sous le feu des éclairs. Vingt fois, sous l'éclatement de la foudre, ils crurent leur dernière heure venue. Ils regrettaient presque de n'être pas restés dans l'île jusqu'à la fin de l'orage. Mais Précenti ne leur avait-il pas dit que, souvent à San-Salvador, ces cataclysmes duraient une semaine ?

Alors, pour faire oublier à la femme l'heure terrible et le danger, José la serra encore davantage contre lui et approchant sa bouche tout près de sa mignonne oreille :

— Je t'aime, Mariette, murmura-t-il, ah ! comme je t'aime...

. . . .

... Et là-bas, dans l'île dont ils s'éloignaient de minute en minute, Yves Le Caradec et Paul Gervais, derniers survivants du *Martinière*, assistaient impuissants à l'imposant spectacle que leur offraient alors tous les éléments déchaînés devant eux...

III

RECHERCHES

Chez Porquemaya, la joie avait été grande au retour des fugitifs. Force libations et maintes tournées d'honneur avaient salué la réapparition de Mariette et de José sur la petite scène de la Maison de Danses. Après leurs journées et leurs nuits de solitude infinie dans l'île de San-Salvador, la jeune femme et le jeune homme avaient du mal à se réacclimater. Leurs chambres mêmes, quoique bien modestes pourtant, leur paraissaient luxueuses, comparées au petit abri que José avait construit avec les épaves du bateau échoué.

Cependant, la nature reprit assez vite ses droits et passés les premiers moments de fébrilité qui accompagnèrent de trop copieuses libations, le jeune homme se retrouva et, comme disent les marins, il voulut « faire le point », savoir en un mot où il en était exactement, moralement et sentimentalement.

Si distrait qu'il pût être par les plaisirs du retour, il ne pouvait pas oublier la promesse qu'il avait faite à Mariette. Il voulait la venger. A tort ou à raison, il s'imaginait que son bonheur dépendait de cette vengeance et que, si ses efforts étaient couronnés de succès, la jeune femme consentirait enfin à être toute à lui. En somme, il ne lui avait jamais avoué franchement tout l'amour qu'il avait pour elle. Certes, depuis le premier instant, elle avait tout deviné, mais aucun mot définitif n'avait, de lui à elle, été prononcé encore.

Enfin, même en dehors de toute autre considération égoïste, José Prisqui avait donné sa parole à la jeune femme.

— Oui, lui avait-il dit, quoi qu'il arrive, je te vengerai, petite sœur, je te vengerai...

Il avait du sang espagnol dans les veines, José, et partant, un esprit de latin. Il était ardent, chevaleresque et brave. Aussi bien, le long récit que la femme lui avait fait de sa vie à Viroflay, de son enlèvement par Lesueur au cours de la nuit tragique, de sa séquestration enfin, revenait incessamment à son esprit et bourdonnait à ses oreilles. Il s'était juré de rester simplement le compagnon de la danseuse, jusqu'au jour où son agresseur, mis hors d'état de nuire, il pourrait lui montrer sa dépouille et prononcer enfin ces mots qu'il se répétait déjà :

— Mon œuvre est achevée, petite sœur ; fais de moi ce que tu voudras, je ne suis plus que ton esclave...

Car José ne le pressentait que trop : en dépit de sa liberté relative, la jeune femme demeurait toujours sous la suggestion de Lesueur. Le bandit l'avait-il hypnotisée, magnétisée ? il ne le savait point. Mais ce qu'il savait parfaitement, c'est que, tant que vivrait l'homme, Mariette, craintive et secrètement terrorisée, ne pourrait recouvrer ni son indépendance complète, ni surtout être délivrée du poids qui la martyrisait sans un instant d'arrêt.

— Très joli tout cela, se disait le danseur, mais encore faut-il que je découvre le repère du forçat...

Il ne doutait point que, pour profiter de l'impunité, Lesueur resterait en Argentine et qu'attiré par l'existence de la ville, il ne s'éloignerait point des faubourgs de Buenos-Ayres. Mais ces faubourgs étaient nombreux. Peuplés de toute une humanité de criminels, de faux monnayeurs et de bandits en tous genres, ce n'était point une entreprise facile que d'y retrouver un homme qui, d'ailleurs, sur ses gardes, n'irait point se jeter bêtement dans la gueule du loup. Enfin, pour rien au monde, José n'aurait voulu mêler la police à ses affaires personnelles. Il jugeait que, seul, il devait tirer de Lesueur la vengeance qu'il méditait. Dès le surlendemain de son retour de l'île, il se mit en campagne.

On ne le voyait plus chez Porquemaya qu'aux heures de représentation. A peine dormait-il quelques heures par nuit. Aux premières lueurs de l'aube, il sortait de sa chambre et s'en allait pour visiter les bouges. Familier des endroits les plus cachés, il les explorait avec une attention que décuplait son amour. Mais ses premières expéditions ne répondirent en rien à ses secrètes espérances. Il ne rencontra au cours de ses recherches que de vieux chevaux de retour, à peu près retirés des affaires, si je puis dire. Les renseignements qu'il en tirait péniblement ne lui étaient d'aucun secours. Et chaque soir, lorsque, fourbu, il rentrait chez Porquemaya, il n'était pas plus avancé — moins même, car il avait durant le jour perdu quelques espoirs — que le matin, quand il était parti. Pourtant, le pauvre Prisqui ne se décourageait point. Déjà pour le lendemain, il dressait un plan de campagne. Et, quand il dansait, repris par son métier, nul ne pouvait deviner quelles idées sanguinaires emplissaient son esprit qui, aux regards des profanes, ne semblait préoccupé que de son art...

... Les préoccupations de José n'avaient pas échappé à Mariette. Bien que depuis son retour de San-Salvador le danseur ne lui eût fait aucune allusion à la vengeance qu'il lui avait si solennellement promise, elle savait bien, la malheureuse, qu'il ne pensait plus qu'à cela. Or, malgré qu'elle en eût, la jeune femme souffrait. Elle n'ignorait point, en effet, combien serait terrible un duel entre Lesueur et Prisqui. Si José était décidé à attaquer, elle connaissait assez l'autre pour savoir qu'il se défendrait. Elle connaissait sa force. Et, tremblante, la pauvre danseuse appréhendait le pire, sans oser toutefois demandé à José de renoncer à son projet. Car, elle le savait bien aussi, il n'y consentirait jamais.

Enfin, une autre obsession martyrisait Mariette.

Nuit et jour, maintenant, elle pensait aux deux malheureux abandonnés dans l'île et que la violence de l'orge leur avait défendu de secourir.

Qu'étaient-ils devenus ?

Depuis leur arrivée à Buenos-Ayres, l'ouragan n'avait point cessé. Chaque matin, les journaux annonçaient que la mer, au large des côtes, était toujours déchaînée. De terribles typhons avaient été la cause de nouvelles catastrophes. Et, heureuse, d'un côté, d'avoir pu s'échapper à temps d'un ouragan, dans lequel vraisemblablement elle serait encore prisonnière sans la décision d'Antonio Précenti, elle était malheureuse d'un autre côté, en évoquant la silhouette des deux inconnus qui, déjà loin de l'embarcation qui fuyait — un peu lâchement, il faut le dire — imploraient du secours.

La tendre nature de la pauvre femme se révoltait contre l'injustice du sort. A ces moments, faisant abstraction de soi-même, elle oubliait qu'elle était elle-même victime du destin. Sans ce destin qui l'avait harcelée, n'aurait-elle pas dû, en effet, vivre tranquille et heureuse dans sa petite maison de Viroflay, vivre tranquille et heureuse au côté de l'homme qu'elle aimait, de son ami chéri qui, aujourd'hui, sans aucun doute, serait devenu son mari...

Mais non. Mariette oubliait tout ce que son existence avait de misérable, pour ne penser qu'à ceux qu'elle imaginait plus misérables qu'elle. Son ami, d'abord, dont jamais plus elle n'avait eu de nouvelles depuis la nuit maudite, les deux inconnus ensuite qui n'avaient pu échaapper, eux, au sort impitoyable.

Jour après jour, elle implorait Précenti de retourner dans l'île et de délivrer les captifs. Mais le brocanteur se souciait peu d'affronter les éléments et de risquer sa peau dans une lutte sans gloire, surtout au profit d'inconnus dont il ne pouvait rien attendre et qui ne sauraient lui rapporter d'argent. Devant le nombre de matériaux achetés par son associé, Ricardo de la Basteranas n'avait pas hésité à lui faire affréter un vapeur assez puissant qui, muni d'une grue électrique, recueillerait les épaves, tout au moins les plus importantes, en un seul voyage. Mais pour que ce vapeur risquât la traversée, fallait-il encore que la mer fût calmée et l'orage dissipé. Au retour, il ramènerait les captifs, c'était chose décidée.

— S'ils sont encore vivants, les malheureux ! avait osé dire Mariette.

— Bah ! s'ils sont morts, ils ne souffrent plus et ils sont bien tranquilles ! lui avait simplement répondu Antonio.

Et, devant cet argument sans réplique, la jeune femme n'avait rien ajouté, gardant pour elle son tourment, ne voulant même pas y faire allusion devant José Prisqui, afin de ne point tracasser davantage le pauvre homme qui, de jour en jour, devenait plus lugubre, attristé qu'il était de ne point réussir.

Toutefois, il ignorait encore le découragement. Sans relâche, il reprenait ses tournées parmi les plus infâmes bouges. Malgré lui, il avait dû prendre quelques collaborateurs qui, d'après les indications que leur avait données José au sujet de Lesueur, cherchaient de leur côté. C'étaient des amis du danseur, ces collaborateurs. Leur rôle nouveau de détectives amateurs les séduisait infiniment et ils y déployaient vraiment un zèle de néophytes, abandonnant presque tout à fait pour mieux réussir leurs tâches ordinaires. Mais jusqu'à présent, en dépit de tous leurs efforts, la tâche qu'ils avaient cru pouvoir assurer était restée sans résultat et, sans doute fatigués, auraient-ils bientôt renoncé, si Lesueur, de lui-même, n'était venu se jeter dans la gueule du loup...

Mais il faut que je raconte.

Flanqué de Finot, qui le suivait comme son ombre, le bandit avait pu sans trop d'encombre aborder sur la côte et gagner Buenos-Ayres. Là, depuis leur arrivée, les deux hommes avaient vécu en se livrant à d'infimes besognes, mais, contrairement à ce qu'avait pensé José, ils étaient restés dans les quartiers, sinon riches, au moins civilisés et n'avaient point gagné encore les faubourgs excentriques où se tenaient les bouges fréquentés par la basse pègre. On eût pu croire, en vérité, que les deux forçats avaient acheté une conduite.

Ce ne devait pas être cependant pour bien longtemps.

Le caractère autoritaire et féroce de Lesueur s'accommodait mal, en effet, de n'avoir plus personne à commander et à terroriser. En Finot, il avait un égal et non point un inférieur. Après avoir été pendant des jours assez nombreux capitaine d'un équipage et maître d'un bateau, le bandit trouvait pénible d'être désormais tout seul. Ainsi, le général brusquement mis à la retraite et qui, du jour au lendemain se voit privé de son armée. La rencontre inattendue qu'il avait faite de Mariette dans l'île de San-Salvador ajoutait à sa fureur. Il connut

alors des sentiments assez troubles et diffi-
ciles en vérité à analyser avec exactitude. Le
regret de n'avoir pu ravir la femme et de
l'emmener avec lui pour en faire à nouveau
sa chose ? Sans doute, d'abord. Et puis aussi,
une jalousie implacable parce qu'il avait vu
au côté de la danseuse un homme jeune et
qui semblait l'aimer.

L'humeur mauvaise de Lesueur intimidait
son compagnon. Celui-ci se doutait bien, en
effet, que le double cri qu'il avait entendu
dans l'île de San-Salvador, cri par lequel la
femme et l'homme s'étaient brusquement reconnus — devait être, en quelque sorte, l'épilogue d'un drame ? Vingt fois déjà, il avait
essayé de questionner son ami, mais Lesueur, défiant, n'avait rien voulu dire.

— Plus tard, avait-il simplement répondu,
plus tard... je te raconterai.

Et patient, Finot attendait.

Ce ne devait pas être bien long. Il allait
bientôt tout savoir.

<h2 style="text-align:center">IV</h2>

GONZALÈS

Tout en exerçant quelques métiers
honnêtes, mais peu rémunérateurs — ven-
deur de journaux, porteur de paquets, ou-
vreur de portières — Lesueur s'était mis en
campagne. Il s'agissait pour lui de retrouver
à Buenos-Ayres quelques-uns des membres
de la bande internationale de faux monnayeurs, à laquelle il avait lui-même appar-
tenu et qui, échappé une première fois du
bagne, lui avait valu en France sa seconde
arrestation.

A l'adresse à laquelle il écrivait naguère —
adresse poste restante — il envoya un mot,
par lequel il annonçait à ses associés d'autre-
fois son arrivée en Argentine. Il demandait
qu'on lui répondît également poste restante
en lui fixant un rendez-vous.

La réponse demandée fut assez longue à
venir. Sans doute, délibérait-on sur le point
de savoir s'il était prudent de convoquer Lesueur et aussi une enquête devait avoir été
ouverte pour savoir si ce n'était point là un
piège de policier, dans lequel pourraient
tomber quelques membres de la bande.

Il faut croire, toutefois, que les renseignements furent bons, car, un beau jour, l'employé du bureau de poste, remit — enfin ! —
à Lesueur une lettre à son adresse. Fébrile-
ment, l'homme revint dans la misérable
hôtellerie où il avait loué une chambre. Quatre à quatre, il remonta chez lui, puis, s'étant
enfermé à double tour, il ouvrit enfin le pli.
Quelques mots seulement étaient tracés sur
un papier crasseux : « Viens un soir chez
Porquemaya et demande Gonzalès. » C'était
tout. Mais le cœur de Lesueur se mit brusquement à battre de joie ; pour lui, c'était
assez.

Longtemps alors, il hésita à mettre Finot
au courant. Lui dire tout, c'était dangereux,
mais ne rien lui dire et se cacher de lui, agir
à son insu, l'était peut-être davantage. Pour
se sauver lui-même au cas où les choses
pourraient venir à mal tourner. Finot, ignorant, n'hésiterait point à « vendre » son compagnon. Au contraire, en le faisant complice,
Lesueur, par cela même, mettrait son acolyte
dans la quasi-impossibilité de lui nuire.

Il décida donc enfin d'agir ainsi, de tout
raconter de sa vie passée à Finot et de faire
de lui, en quelque sorte, une espèce de secrétaire. Il ne doutait point que l'appât des
sommes à gagner ne ferait point hésiter l'autre à accepter, les yeux fermés.

Lorque les deux hommes se retrouvèrent
en présence, Lesueur montra donc à Finot le
papier qu'il avait reçu.

— Et alors ? s'enquit l'autre, qu'est-ce que
ça veut dire ça ? J'comprends pas, moi !

— Ça veut dire, tout simplement, qu'on
va gagner de l'argent, j'ai retrouvé des copains à moi, des associés « d'avant ».

Mais vivement, il ajouta :

— Si des fois tu acceptes... Tu vois que
j'agis loyalement avec toi. Mais attention ! Si
tu devenais un faux frère, on n'hésiterait
pas à faire ton affaire.

Finot haussa les épaules.

— Faut pas plaisanter avec ces choses-là,
prononça-t-il gravement.

Et, tendant à Lesueur sa main largement
ouverte, les deux bandits conclurent leur
accord avec la même sincérité que s'ils

avaient été tous deux les plus honnêtes gens du monde.

— Et dans quoi tu travaillais ? demanda tout de suite Finot, qui avait hâte de savoir.

— La monnaie, répondit Lesueur sans chercher à dissimuler. Ça rapportait bien, j'étais heureux...

Et il ponctua sa phrase d'un soupir, gros de regrets.

Finot était de plus en plus intéressé. Il comprenait qu'il saurait bientôt toute l'aventure de son ami. Mais trop impatient pour attendre, il questionna encore.

— Alors ? la femme... la femme de l'île...

— La femme de l'île, répéta Lesueur en dépit de toute une morsure au cœur, la femme de l'île, c'était ma femme...

— Sans blague ? s'exclama Finot.

— Sans blague, je te le dis.

L'accent de l'autre était trop sincère, pour que Finot pût douter de la vérité. Alors, il redevint un homme comme tous les hommes et, curieux :

— Comment ça qu'tu l'avais connue ?

Mais Lesueur ne répondit pas.

Sur le point de confier à son ami l'un des plus grands secrets de sa vie, il hésitait encore.

— Ecoute, lui dit-il, après quelques instants, ce serait trop long pour te dire ça maintenant. Mais tu perdras rien pour attendre... on ira ce soir chez Porquemaya, on va se renseigner où perche ce coco-là et puis on demandera Gonzalès et comme il faudra aussi que je lui raconte à lui... tu comprendras pourquoi... ça fera d'une pierre deux coups. C'est dit, hein ?

— C'est dit, répéta l'autre.

Et de nouveau, les deux bandits se serrèrent les mains.

Toutefois, la fin de la journée parut longue à Finot.

Ainsi qu'ils se l'étaient promis, les deux hommes, le soir venu, se firent indiquer par le patron de la guinguette où ils avaient dîné le chemin le plus rapide, pour aller chez Porquemaya. Le gargotier le leur indiqua avec assez de bonne grâce, pour que Lesueur pût se permettre de l'interroger sur l'endroit où il était convoqué.

— Qu'est-ce que c'est que cé Porquemaya ? demanda-t-il sans détours.

— Bah ! répondit l'autre, c'est pas un mauvais bougre. Il tient une Maison de Danses, là où je t'ai dit, aux confins de la « Boca ».

La « Boca », ainsi est dénommé à Buenos-Ayres le quartier des bouges, les « boulevards extérieurs de la ville ».

Et le patron ajouta ironiquement :

— Alors, comme ça, vous voulez aller applaudir les danseuses. On dit qu'il y en a toujours de très bonnes, voire d'excellentes chez l'ami Porquemaya... Mais moi, vous savez, j'ai pas le temps... je laisse ces distractions-là à la jeunesse, pas ?

Munis de ces renseignements, Lesueur et Finot payèrent le restaurateur et s'en furent. Ils étaient assez au courant des usages de leur monde, pour savoir qu'en vérité la Maison de Danses devait être bien davantage un lieu de rendez-vous, pour les sujets de leur espèce, qu'une salle de spectacle. Aussi bien, le billet que Lesueur avait reçu confirmait cette opinion.

De faubourg en faubourg, de ruelle en ruelle, se renseignant encore ici et là, au cours de leur chemin, ils arrivèrent enfin. Sans hésiter, ils pénétrèrent dans la maison.

Ils avaient convenu, toutefois, de ne point demander tout de suite après le señor Gonzalès. Prudents, par expérience, ils se défiaient.

Ils ne voulaient point, en demandant tout de suite quel était l'homme de ce nom, risquer de tomber sottement dans la plus simple souricière. En somme, Lesueur ne savait point si la lettre qu'il avait écrite n'avait pas été interceptée par une police aux aguets et il prenait ses précautions.

Parmi le tumulte, le bruit, la musique et les cris qui s'élevaient, assourdissants, il avisa une table libre. Il y fit asseoir Finot. Puis, ayant commandé à boire, il posa son coude sur le bois rugueux et, machinalement, il se caressa la barbe qu'il avait laissé pousser depuis son retour de San-Salvador, ce qui expliquait peut-être que, malgré ses recherches, José Prisqui n'avait, à travers ses courses, point reconnu encore son adversaire de l'île, entrevu, là-bas, un instant seulement.

Finot, lui, buvait et regardait.

Tandis que Lesueur inquiet, malgré tout, ne suivait que d'un regard distrait les danses d'une Espagnole qui, à ce moment occupait la petite scène, lui, Finot, semblait prodigieusement intéressé. L'atmosphère de l'endroit, ce laisser-aller des assistants et leurs conversations ininterrompues, tant entre eux qu'avec les danseuses, lui plaisaient par leur pittoresque et par leur imprévu. Qui sait ! S'il n'avait pas été bandit, il eût peut-être été artiste. En tout cas, saisi, il demeurait silencieux et admirait sans rien dire, sinon sans rien penser.

Mais, tout à coup, cependant, il sursauta. Les doigts vigoureux de Lesueur venaient de lui serrer le bras et, dans une étreinte farouche, s'enfonçaient presque dans ses chairs.

— Regarde ! lui dit l'homme.

Mais Finot ne faisait que cela, de regarder ! Sur la scène, une danseuse nouvelle venait de faire son apparition. Il la trouvait jolie, divinement jolie et il attribua à la même émotion, à un semblable hommage rendu à la beauté, l'émotion brutale de Lesueur.

— Je regarde, lui dit-il, et je suis de ton avis... Elle est belle...

Sans répondre à cette affirmation, Lesueur haussa les épaules.

Vivement, il vida son verre. Puis, après quelques instants :

— S'agit pas de savoir si elle est belle ou non... Mais c'est elle... Voilà !

— Elle ? questionna Finot qui ne pouvait comprendre.

— Oui, elle, reprit l'autre... Tu la reconnais donc pas ? C'est elle qui était dans l'île... Comment qu'elle en est revenue, ça, par exemple, je m'explique pas...

— Pas à la nage, bien sûr, remarqua Finot.

— Y a pas de quoi plaisanter, reprit Lesueur d'une voix bourrue, parce que ça va barder... ça va barder, j'te dis, parce qu'il est là aussi, lui le godelureau qui était avec elle et qui nous a tué le copain... Ah ! j'sortirai pas d'ici sans avoir vengé Goldini...

— Prends garde, sois prudent, conseilla Finot.

— Ni vu, ni connu... ce petit danseur de rien, j'aurai sa peau, je te dis... J'veux venger Goldini...

En parlant ainsi, Lesueur se croyait sincère. Il se croyait véritablement poussé par le droit de venger son camarade. Mais s'il avait été vraiment capable de pouvoir lire en lui-même et d'analyser ses secrètes impulsions, il se fût rendu compte qu'il était poussé bien davantage par la jalousie, par la haine qu'il vouait à José en lui attribuant des droits qu'il n'avait point que par tout autre sentiment.

— On reviendra une autre fois pour voir Gonzalès, dit-il, Gonzalès, ce soir je m'en moque, ce soir j'veux venger Goldini et me débarrasser du danseur, j'ai dit...

Mais comme il achevait ces mots, un grand gaillard assis à une table voisine et qui tournait le dos aux hommes fit brusquement volte-face :

— C'est toi, Lesueur, n'est-ce pas ? fit-il en regardant fixement le bandit.

Celui-ci, saisi, ne put que faire oui de la tête.

— Eh bien ! continua-t-il, tu n'auras pas besoin de revenir pour faire connaissance du señor Gonzalès, parce que c'est moi, le señor Gonzalès.

Et ce disant, il tendit à Lesueur, à son associé et complice de naguère, une main énorme et velue.

Puis, abandonnant ceux avec lesquels il buvait, il s'installa sans façon à la table des deux forçats.

— Alors, comme ça, dit-il, te voilà par chez nous ?

— Comme tu vois, répondit l'autre.

— T'as donc pu te tirer de leurs pattes ?...

— Oui, toute une histoire, que j'te raconterai, mais motus...

— Et tu disais comme ça que tu voulais...

Sans rien ajouter, Gonzalès tourna la tête du côté de José Prisqui et le désigna muettement.

— Oui, fit Lesueur d'une voix sourde.

Alors, le visage de Gonzalès s'éclaira. Sa bouche sarcastique eut un mouvement qui, avec de la bonne volonté, ressemblait à un sourire.

— Tu as raison, lui dit-il, et le plus tôt sera le mieux...

A la vérité Gonzalès, lui-même jaloux, projetait depuis longtemps de se débarrasser du danseur, trop jeune et trop beau. Lui disparu, il espérait que serait libre le chemin du cœur de Mariette. Mais l'occasion de se battre avec José ne s'était pas encore présentée avec assez de précision pour qu'il pût en profiter. Il avait remis de jour en jour. Mais ce soir, venant de trouver un homme assez décidé pour se charger de la besogne qu'il n'avait pas osé accomplir lui-même, il ne se tenait pas de joie.

— Une mauviette, dit-il, peuh ! tu l'auras facilement.

— J'y compte bien, fit Lesueur.

— Au surplus, un gars peu intéressant, reprit Gonzalès.

— Je m'en doute...

— Et vraiment cela fait peine de voir une jolie petite femme comme ça s'amouracher d'un tel freluquet...

De ses yeux de braise, Gonzalès désignait Mariette qui, tranquillement assise dans un coin, attendait son tour de danser à nouveau.

L'Espagnol savait toucher juste en faisant ainsi allusion à une idylle possible entre la danseuse et José. Aux dernières paroles qu'il venait de prononcer, Lesueur était devenu d'une pâleur livide. Et, serrant les poings, il grommela entre les dents :

— Ah ! il va bien voir de quel bois je me chauffe... d'abord elle est à moi, cette femme !

— A toi ? interrogea Gonzalès, subitement inquiet, et qui trouvait que Lesueur allait tout de même un peu vite en besogne, car il croyait avoir quelques droits, lui aussi.

— Oui, à moi, reprit Lesueur.

Et plus bas :

— Elle a vécu près de moi pendant un an et si...

Mais, brusquement, il s'arrêta. A l'aspect de Gonzalès, il venait de comprendre combien celui-ci se montrait incrédule, et vis-à-vis de cet homme il éprouva soudain le besoin de se justifier. Alors, brusquement, se décidant tout à coup :

— Mieux vaut que je vous raconte tout, dit-il. Après ce qui va se passer tout à l'heure, rien ne me dit que je ne resterai pas sur le carreau... Mieux vaut que vous sachiez, ça pourra vous servir...

Avant de commencer, pourtant, il emplit à nouveau son verre et le vida d'un trait.

V

SOUVENIRS

— En somme, commença Lesueur, si je suis ici ce soir, bien qu'indirectement, c'est à cause de cette femme-là. Ah ! c'est toute uns histoire, bien sûr ! Ecoutez-moi.

« Lorsque je me suis sauvé de là-bas une première fois, non sans peine, vous vous en doutez, mais ce serait trop long de vous raconter ça, je suis arrivé à Paname après avoir trôlé pendant près d'un an dans tous les pays du monde. J'avais l'intention de rester bien peinard, bien tranquille dans mon coin. Avant de partir, avant de me faire bêtement arrêter, je veux dire, j'avais été enterrer un petit magot au pied d'un arbre, dans une forêt aux environs de Paris. J'avais eu la chance de retrouver mon argent intact, et je pensais alors finir mes jours sans plus rien faire à fumer, à pêcher et à me reposer. Mais il était écrit sans doute qu'il en serait autrement, puisqu'après m'être rembauché dans la bande du señor Gonzalès, j'ai été refait, qu'on est reparti pour la Guyane, et puis bref et finalement que me voilà ici dans cette maison de Buenos-Ayres à des milliers de kilomètres de la petite bicoque que j'avais achetée dans la forêt même où j'avais enfoui mon magot et où, entre nous, je croyais finir mes jours.

« Si vous connaissez les environs de Paris, c'est à Viroflay, dans les bois, que j'avais déniché la cabane dont je vous parle. Ah ! c'était pas un château, ni un palais, comme vous pensez, mais enfin c'était pas mal, suffisant puor moi et en tout cas, puisque j'étais tout seul et que je vivais alors comme un ermite dans une grotte. Ah ! je ne m'en faisais pas, je puis le dire ! Tous les jours grasse matinée, et puis c'étaient des balades dans la forêt, des excursions, le temps passait, je ne sais pas comment ! Quant à aller à Paris, c'était rare. J'avais trop peur de me faire reconnaître et ramasser. J'en étais pas privé, d'ailleurs. Je me plaisais mieux dans mon petit patelin et à faire nos balades.

« Or, au cours de ces balades, je m'aperçus un jour que j'avais un voisin. Il habitait, lui aussi, une petite bicoque dans le genre de la mienne, mais en plus grand, et mieux. Il avait derrière un jardin assez important et puis, au fond de ce jardin, un four, un four immense dans lequel, je l'ai appris plus tard, il faisait cuire de la faïence. D'abord, j'avais cru que j'avais affaire à un fou, à une sorte de toqué. C'était un tout jeune homme, genre artiste. Or, fou il l'était pas au vrai sens du mot, mais il l'était tout de même pour son métier. Un type dans le genre de Bernard Palissy, quoi ! Il ne rêvait qu'à son turbin...

« Comme bien vous pensez, il n'habitait pas tout seul dans sa cagna, le frère. Il avait avec lui une petite bonne femme tout ce qu'il y a de belle et de gentille. Je pourrais vous en dire long, mais je préfère vous dire tout de suite que vous pouvez vous en rendre compte par vous-même, étant donné que cette petite bonne femme, c'est cette danseuse elle-même...

Et des yeux Lesueur désignait Mariette, assise à l'écart des autres femmes et qui, certes, en cet instant, était loin de penser que son bourreau était aussi près d'elle et qu'il racontait sa vie.

— Sans blague ? n'avait pu retenir Finot.

Mais, d'un geste impératif, Lesueur lui avait demandé le silence, et il poursuivait son récit.

— Alors, du jour où je vis cette petite bonne femme, je changeai brusquement ! Toutes mes résolutions de sérieux et de prudence ? Pfft ! Elles disparurent. Une fois de plus, ma vie avait changé. Et je ne pensais plus qu'à une chose : faire de cette petite, ma femme.

« Mais comment ? Ah ! oui, comment ? Moi, je connais qu'un moyen, c'est de prendre. Tu n'as pas d'argent ? Tu en veux ? Tu le prends. Tu veux une femme ? Tu la prends. Pour le reste et les conséquences, tu attends, tu les vois venir, et après tu te dé-

brouilles. Voilà. Toujours est-il que je commençai à dresser un plan. Fallait une occasion, et l'occasion vient quand on sait l'attendre. Pour moi, ce ne fut pas long. Un beau jour, mon fabricant de faïences dut partir en voyage, et le soir même j'allai lui voler sa femme. J'avais tout préparé d'avance. Deux jours après, on était à Bordeaux, où je savais que lorsque je voudrais à nouveau travailler, je trouverais de l'embauche, étant donné que c'est là que se trouvait en France la succursale de la bande à Gonzalès. J'enfermai donc la petite, et je me mis au boulot jusqu'au jour où, à cause d'un idiot, je me fis encore arrêter, mais cela, c'est une autre histoire...

— Et le type aux faïences, il n'a pas rouspété, il n'a pas cherché après la femme ? demanda alors Finot.

— T'es trop pressé, repartit Lesueur, faut pas aller plus vite que les violons ! Minute ! Ecoute : tu penses bien que pour pas être inquiété par le voisin, j'avais pris mes précautions, hein ! J'avais déposé une plainte contre lui, une plainte en assassinat, en expliquant qu'il s'amusait comme ça, la nuit, à faire cuire des femmes dans son four Comme, naturellement, il était impossible de retrouver la petite, que je tenais prisonnière dans une vieille masure de Bordeaux, la police a marché. Ils ont arrêté mon type, et ils lui ont fait un procès aux pommes, je vous le jure. Ils ont été jusqu'à dire qu'ils avaient retrouvé dans le four des os à la femme ! Des os ! Vous pouvez la regarder. Elle n'a pas l'air d'en manquer beaucoup, d'os... et de chair non plus, pas vrai ? Enfin c'est comme ça, le type a été condamné, et ç'a été d'un rien qui soye guillotiné. Il a encore eu de la veine dans son malheur, le frère, d'être envoyé aux travaux. Enfin, il faut ce qu'il faut...

Lesueur avait relevé la tête et, attendant des félicitations de la part de ses compagnons, il les regardait fixement. Mais les deux hommes demeuraient silencieux. Non pas qu'ils eussent, l'un ou l'autre, l'intention de reprocher quoi que ce fut à Lesueur, qu'ils admiraient en leur for. Mais ils étaient absorbés dans des pensées lointaines, et chacun suivait une idée.

Finot, le premier, sortit de ses réflexions, et s'adressant à son ami :

— Mais dis donc, lui dit-il, est-ce qu'il n'y avait pas sur le bateau un gars qui, lui aussi, avait été condamné pour avoir fait griller sa femme ? Rappelle-toi, Lesueur ? Un type qu'est venu un jour sur le pont où qu'on fumait avec Goldini pour te parler... Le type qui nous a conseillé de venir en Argentine, et qu'a pu décider Le Caradec enfin...

Mais Lesueur, qui éclatait d'un gros rire, coupa la parole à Finot.

— Si je me rappelle ! si je le connais, ton type ! Tu parles !

Et après une nouvelle effusion de gaîté :

— Je le connais d'autant mieux que ton type et le mien, eh bien ils n'en font qu'un. C'est Gervais qu'y s'appelle, et c'est bibi qui l'a fait condamner !...

— Non ! Et tu le savais, sur le bateau ?

— Que tu dis ! Entre nous, c'est à cause de ça que je ne pouvais pas le sentir, mais comme il était pas bête — que Dieu ait son âme ! — je le ménageais, car je me doutais bien qu'il pourrait nous rendre service. Ça n'a pas raté, d'ailleurs, et en somme, on peut bien le dire, c'est grâce à lui qu'on est ici ; quant à lui, sans doute, il doit savoir en ce moment si l'on est mieux logé dans le ventre d'un poisson que dans les bois de Viroflay !

— Pauvre gars ! soupira Finot.

— Ah ! tu vas pas le plaindre, maintenant ! s'offusqua Lesueur, sans compter qu'il est plus heureux que nous, et qu'il n'a plus à s'occuper de rien... En attendant, pour la petite, la voie est libre, et tu penses peut-être que je vais la laisser comme ça à son godelureau de danseur, non mais tout de même ! Tu vas voir ce que tu vas voir...

Puis, content de soi, Lesueur versa de nouveau à la ronde, et fatigué d'avoir tant parlé, il but coup sur coup deux pleins verres...

Depuis le début du récit de Lesueur, Gonzalès n'avait pas dit un mot. Il avait écouté avec respect et si, pour avoir peut-être fait pire, il ne songeait pas du tout à reprocher à l'homme ses forfaits, il ne le suivait pourtant point jusqu'au bout de ses conclusions.

La voie était libre ? Peut-être pas autant que le pensait Lesueur.

De toutes façons, il pensait qu'en tout état de cause, si vraiment la voie était libre, elle l'était tout autant pour lui que pour un autre, et qu'il n'y avait absolument aucune raison pour qu'il s'effaçât devant celui qui, naguère, l'avait aidé à écouler en France les faux billets de banque qu'il fabriquait à Buenos-Ayres. Décidément, cet homme avait trop de toupet. Il arrivait, et il fallait que, sur-le-champ, chacun s'inclinât devant lui. Ah ! mais non !

— Chacun son tour ! pensait-il.

Depuis longtemps, il avait été frappé par la grâce de Mariette. Il avait cherché souvent à se rapprocher de la danseuse, à se faire remarquer d'elle. Mais José Prisqui faisait bonne garde et jusqu'à ce jour, il faut le dire, ses affaires avaient peu avancé.

Et puis aussi, s'ils n'étaient point de véritables amis, José et Gonzalès se connaissaient trop pour être vraiment rivaux. Le second savait l'affection qui liait le premier à la femme. Il avait du scrupule à marcher sur ses brisées. Toutefois, si, vis-à-vis du jeune homme, il conservait quelques respect, il était loin d'en être de même vis-à-vis de Lesueur, ce nouveau venu, ce gêneur.

Déjà, Gonzalès se reprochait d'avoir répondu à la lettre de son associé inconnu, et de l'avoir, comme il l'avait fait, convoqué chez Porquemaya. Il avait cru devoir obéir aux lois implacables qui régissent les bandits — et surtout d'une même bande — à savoir qu'ils se doivent les uns aux autres aide, appui et protection. En apprenant qu'un des siens venait d'arriver à Buenos-Ayres et qu'il se recommandait à lui, Gonzalès n'avait pas cru devoir repousser ses avances. Mais maintenant que l'ancienne association d'affaires se compliquait peu ou prou d'une histoire d'amour, le faux monnayeur regrettait d'avoir cédé si vite à son naturel débonnaire. Il oubliait les services que lui avait rendus son employé français pour l'écoulement de sa marchandise, et ne se souvenait plus des profits heureux qu'il en avait tirés. Non ! Il ne voyait désormais en Lesueur qu'un rival, et il s'agissait avant tout de lui barrer la route.

J'ai dit que, depuis le début du récit du forçat, Gonzalès était demeuré silencieux, mais son esprit, pour cela, n'était pas resté inactif.

Il avait réfléchi et avait dressé un plan.

Peu soucieux de s'occuper lui-même d'engager la lutte avec Lesueur, mieux valait, avait-il pensé, charger José de ce soin. Il jugea que ses compagnons étaient assez exaltés par les nombreux verres qu'ils venaient de boire pour qu'il pût s'écarter d'eux pendant quelques instants et sans que son absence leur parût insolite.

— Vous m'excusez une minute, mes bons amis, leur dit-il. J'ai un ordre urgent à donner... mais je reviens à l'instant même.

Soucieux de le ménager, Lesueur et Finot s'inclinèrent.

— Ça a l'air d'être un brave type, confia le premier au second, tandis que Gonzalès se levait et, passant entre les tables, sortait de la maison, non sans avoir fait un signe à Porquemaya.

Les vins âpres mais généreux avaient rendu Lesueur confiant et optimiste vis-à-vis du chef retrouvé. Mais peut-être l'eût-il été moins s'il avait pu entendre alors ce que, dans le même instant, Gonzalès confiait devant la porte au tenancier de la maison de danses.

— Je voudrais parler à José, lui disait-il. Va le prévenir et demande-lui de sortir...

— C'est à cause des deux avec qui tu buvais ?

— Oui, mais je te raconterai plus tard. Pour le moment, le temps presse.

Habitué aux façons de l'un de ses meilleurs clients, Porquemaya n'insista point. Il rentra dans la salle et discrètement, obéissant aux ordres de Gonzalès, il se dirigea vers José et lui fit la commission.

L'autre attendait devant la porte. Il faisait les cent pas en grillant une cigarette de tabac brésilien simplement enroulé dans une feuille de maïs. Quatre minutes se succédèrent, et José parut enfin. Gonzalès se jeta vers lui, et tout de suite :

— Tu ne sais pas avec qui j'étais attablé, je suis sûr ?

— Non.

— Un type redoutable pour toi...

Et après un court silence :

— Il en veut à Mariette, il dit qu'il a des droits sur elle...

Si la nuit n'avait pas été si noire, Gonzalès eût pu voir José devenir pâle comme un mort.

Il eût pu voir aussi ses yeux s'injecter de sang et ses doigts se crisper.

Pendant l'espace d'une seconde, le jeune homme fut en proie à un accès de jalousie féroce. Il tâta dans sa poche le manche de son poignard. Mais avec la même rapidité qu'il avait changé d'aspect, il retrouva son libre arbitre. En un éclair, il venait de tout comprendre.

— Lesueur ? interrogea-t-il.

— Oui, répondit Gonzalès.

Et tout surpris :

— Tu le connais donc ?

José Prisqui ne répondit pas à cette question, tout au moins directement.

— Ah ! le bougre ! s'exclama-t-il, il s'est laissé pousser la barbe ! Voilà quatre jours que je le recherche, et de l'aube à la nuit. Ah ! l'on a bien raison de dire qu'il n'y a que les montagnes qui ne se rencontrent pas ! Cependant, j'étais loin de supposer que ce serait chez Porquemaya même que je le verrais.

— Il en est ainsi, fit Gonzalès.

— Merci, repartit gravement le danseur. Tout me porte à penser que tu n'as pas perdu ta soirée... ni moi la mienne... Quant à lui...

— Quant à lui ? répéta l'autre, tout frémissant d'une joie qu'il n'osait encore exprimer.

— Quant à lui... nous avons un vieux compte à régler tous les deux, c'est tout ce que je puis te dire.

— Et tu comptes le faire passer dès ce soir à la caisse ?

— Mon Dieu, je n'en sais trop rien... Peut-être... Tout est possible. En tout cas, tu peux me croire, il ne perdra rien pour attendre. Lorsque je fais crédit, on me paie avec intérêts...

Puis, après une seconde lourde de réflexions :

— Mais il faut que nous rentrions, Gonzalès, pour ne pas attirer l'attention sur notre sortie simultanée. Tu comptes sans doute retourner t'asseoir avec eux ?

— Oui, je leur ai dit que je ne sortais qu'un instant.

— Dans ce cas, rentre le premier. Je retournerai à ma place d'ici quelques minutes. Sans au revoir, Gonzalès, car quelque chose me dit que nous reparlerons ce soir, tous les deux !

— A ton aise, José, mais sois prudent. Comme dit le proverbe chinois : « On ne vit qu'une fois ! »

— A la grâce de Dieu ! s'exclama Prisqui, sur un ton plein de gravité.

Longuement, les deux hommes se serrèrent les mains. Ils mirent dans ce geste banal tout ce qu'ils n'avaient pu ou n'avaient voulu se confier. Mais de nouveau, ils se comprirent et sans qu'on pût savoir qui, de l'un ou de l'autre, en avait pris l'initiative, ils s'étreignirent soudain en une affectueuse accolade.

Plus ému qu'il n'aurait voulu le laisser paraître, Gonzalès rentra alors dans la salle enfumée. Comme si, au dehors, rien ne s'était passé, il s'assit de nouveau entre Lesueur et Finot.

— Vous m'excusez, mes bons amis ? leur demanda-t-il. J'ai fait aussi vite que j'ai pu. Je n'ai pas été trop long ?

— Les affaires sont les affaires ! lui répondit finement Lesueur, à cent lieues de se douter combien il était lui-même intéressé dans les affaires que Gonzalès venait de traiter dans la rue.

Mais l'homme n'eut garde d'y faire allusion.

S'apercevant seulement qu'en son absence, Lesueur et Finot avaient vidé leur bouteille, il en commanda une autre avec fracas.

— On crève de soif, ici ! s'écria-t-il. Allons, vite Porquemaya ! Fais-nous donc apporter quelque princesse de ta cave !

Dans le même instant, toujours infiniment grave et le front barré d'un pli, José Prisqui, le danseur, regagnait sagement sa place à côté de Mariette, la danseuse.

— Je te vengerai, petite sœur, pensait-il, oui, je te vengerai !

Mais à celle qu'il aimait, pour ne point l'effrayer, il ne dit pas un mot.

———

CINQUIEME PARTIE

———

JUSTICE

———

I

LE DUEL

A quelques mètres de distance, Lesueur et José Prisqui nourrissaient l'un vis-à-vis de l'autre les mêmes sentiments. Ils n'osaient point se regarder, mais il leur suffisait de tourner les yeux du côté de Mariette pour sentir bouillonner entre eux les ferments de la vengeance. Ils étaient comme deux piles chargées d'électricité et que le moindre mouvement suffirait à faire éclater.

Cependant, le temps passait. Sur la petite scène les danses se succédaient. Deux fois déjà, depuis qu'il était sorti pour parler à Gonzalès, José avait reparu dans ses dernières créations. Il devait maintenant danser un fandango avec Mariette elle-même.

Pris tout entier par son art, il monta sur les tables et oublia dès cet instant toutes les vaines contingences. Quand il entendait la musique qui devait l'accompagner, le danseur, en vérité, devenait un être nouveau. Il sortait de sa personnalité d'homme pour entrer dans sa personnalité d'artiste. Il dansait absolument comme s'il était dans un état second et pour lui, dès lors, plus rien n'existait.

Ainsi qu'à chacune de ses danses, le public et les autres danseurs l'encourageaient, selon la coutume espagnole. C'étaient des cris gutturaux et des appels frénétiques qui s'adressaient aussi bien à Mariette qu'à José. Ces accompagnements décuplaient, semble-t-il, l'ardeur des deux artistes, et ils ne s'arrêtaient qu'au moment où ils n'en pouvaient plus, vaincus autant par la fatigue que par la précipitation avec laquelle battaient leurs deux cœurs surmenés. Alors, leur succès était grand ! De la salle montaient vers eux tant d'ovations et d'applaudissements que, tout haletants et une main sur la poitrine, ils pouvaient s'incliner et saluer, pour adresser à leur public l'hommage de leurs remerciments. Essoufflés, ils s'efforçaient cependant de sourire, attendant avec angoisse l'instant où ils pourraient enfin regagner leurs chaises et se reposer un peu.

Toutefois, ce soir-là, après le triomphe qui, une fois de plus, avait salué les artistes favoris de la troupe de Porquemaya, une voix inconnue s'éleva parmi la salle, encore sous le coup de la fièvre et de l'émotion.

— Chien d'Espagnol ! criait cette voix, tu n'es donc pas honteux de faire ce métier de pantin !

Comme par enchantement, un silence effrayant succéda au tintamarre.

Chacun regardait son voisin, confondu par l'audace de l'homme qui, en pleine salle, avait osé parler ainsi et injurier un danseur jusque-là respecté. Tous les yeux enfin se tournèrent du côté d'où s'était élevée la voix. Et cette voix, on en était sûr, venait de la table même où était assis Gonzalès.

A cette table, seul Gonzalès était connu des habitués de la maison de danses. Les deux autres — Lesueur et Finot — n'avaient jamais été vus, puisque aussi bien c'était la première fois qu'ils avaient franchi la porte de Porquemaya. L'audace du spectateur — et ce spectateur ne pouvait être que Lesueur — en parut d'autant plus grande et d'autant plus malhonnête. Chacun prenait l'injure que le spectateur inconnu des autres avait adressée à José pour une injure personnelle. Et tout à coup, au silence angoissant qui s'était prolongé, succéda le tumulte.

En effet, tous ceux qui étaient voisins de la table de Lesueur se précipitèrent sur lui. Sous le nombre de ses adversaires, l'homme n'eut sans doute pas résisté. Mais, venant du haut de la salle, une voix pathétique arrêta soudain les vengeurs trop zélés.

C'était Prisqui qui s'adressait à ses défenseurs bénévoles.

— De grâce, arrêtez-vous, señors, leur disait-il. Il n'y a ici qu'un homme d'insulté, et cet homme, c'est moi. Je revendique donc, comme c'est mon droit le plus strict, l'honneur de venger moi-même l'audacieux qui m'a attaqué. Aussi bien, nous avons, lui et moi, quelque vieille affaire à régler et, s'il n'avait pris les devants, c'est moi qui l'aurais attaqué...

Tout en parlant, José avait quitté sa place, et passant entre les bancs, il s'était rapproché de la table de Lesueur.

Le danseur était pâle de colère, mais il avait pu conserver sur soi-même un empire si grand qu'il faisait l'admiration de tous. Ses poings rageurs étaient fermés, mais pour rien au monde, il n'aurait consenti à se colleter en public.

Il s'adressa à Lesueur comme il eût pu s'adresser à quelqu'un de son propre étiage.

— Je respecte trop la maison de mon ami et patron Porquemaya, dit-il au forçat, pour souiller sa demeure. Mais tu ne perdras rien pour attendre, crois-moi. Tu vas sortir. Et tu me suivras. Nous nous battrons loyalement, devant témoins. Pour ma part, je choisis Gonzalès, et sans doute te feras-tu assister par l'homme qui t'accompagne ici. A ton aise ! Cependant, me considérant comme offensé, je dois avoir le choix des armes, et c'est au poignard que nous combattrons. Tu as dix minutes pour écrire tes dernières volontés et pour recommander ta vilaine âme au diable !

Ayant prononcé ces paroles sur un ton monocorde qui, en aucune façon, ne pouvait laisser percevoir combien grands étaient son trouble et son exaltation, José regagna sa place. Il s'assit à nouveau au côté de Mariette.

La pauvre femme était livide.

Elle avait, elle aussi, ressenti la blessure de l'insulte avec autant d'acuité que si ç'avait été à elle-même que Lesueur l'avait jetée. Lesueur ! Si elle pensait souvent à lui — et Dieu sait avec quelle terreur ! — elle était loin de supposer que depuis deux heures il était aussi près d'elle. Bien que le manège par lequel Gonzalès avait appelé José ne lui eût pas échappé, elle ne savait point, en vérité, de quoi il s'agissait.

Mais, maintenant, elle savait !

Brusquement, en dépit de sa barbe, elle avait reconnu Lesueur. Ses regards sanguinaires et ses traits affreux dénués de tout sentiment humain glaçaient la femme jusqu'à l'âme. Comme en un film de cinéma, elle revoyait défiler devant son esprit, en proie à l'angoisse et à l'inquiétude, les heures terrifiantes qu'elle avait vécues près de lui, à Bordeaux. Elle connaissait sa force et, malgré l'adresse avec laquelle José Prisqui savait manier le poignard catalan, elle tremblait pour lui, désespérément...

— Ah ! tu ne sais pas vers quel danger tu cours, dit-elle à son danseur, d'une voix presque blanche.

— J'ai confiance en mon étoile, lui répondit le danseur.

Et, lui prenant doucement la main, qu'il approcha de ses lèvres :

— Et puis, ne t'ai-je point promis de te venger, petite sœur ? Voici enfin arrivé le moment de tenir mes engagements...

— Tu es bon, fit Mariette, mais pourquoi ?...

Elle n'acheva point sa phrase. Elle n'osait point avouer à son ami qu'il n'avait, en somme, aucune raison précise pour accepter si délibérément de risquer sa vie pour elle.

Comprit-il ? Sans doute. Car il répondit à la femme comme s'il avait entendu tous les mots qu'elle n'avait pas prononcés.

— Pourquoi ? Parce que je t'aime, petite sœur...

Mariette ne répondit point. Elle rougit. La minute était trop solennelle et le temps trop précieux pour qu'elle acceptât de discuter avec José, et en lui ouvrant franchement tout son cœur, risque de le décourager.

— Sois sans crainte, continuait d'ailleurs le jeune homme. Il est impossible que je ne sorte pas victorieux du combat. Pense à moi, comme je penserai à toi et ainsi, vois-tu, je serai sûr du triomphe...

Puis il regarda sa montre.

Le moment était venu.

— Adieu, sœurette, reprit-il, si le malheur voulait que je succombe, garde de moi un souvenir. C'est tout ce que je te demande. Sache aussi, Mariette, que je t'ai bien aimée, et que tout ce que je laisse derrière moi t'appartient. J'ai d'ailleurs préparé un testament en règle où sont encloses mes dernières volontés, car je savais que tôt ou tard je rencontrerais ici l'homme que je veux détruire...

Et dans un malheureux sourire :

— Mais il faut compter aussi, hélas ! avec les hasards de la guerre et la volonté du destin !

Mariette ne pouvait point répondre, tant elle était émue. Ses yeux ruisselaient de larmes, et toute suffocante elle s'abattit comme une proie contre l'épaule de Prisqui.

— Ah ! n'y vas pas, José ! haleta-t-elle, n'y va pas !

— Le devoir, sœurette... répondit le jeune homme.

Et, comme le soldat qui, sur le point de partir au combat, prend enfin tous les droits, José, tendrement, prit à Mariette un long baiser, pour la première fois.

Ils marchaient les uns derrière les autres, à peu près en file indienne. C'était, en vérité, un défilé assez lugubre. Lesueur avançait derrière Finot, qui suivait lui-même Gonzalès et José Prisqui. Ainsi les hommes se dirigeaient vers une petite place à l'écart. Là, Prisqui savait qu'ils ne seraient point dérangés par quelque ronde de la police, et qu'ils pourraient, après le duel, faire disparaître le cadavre du vaincu avec commodité. En effet, pas un instant le danseur n'avait pensé que le combat s'achèverait sans que son adversaire ou lui restât sur le terrain.

Ils mirent environ un quart d'heure pour aller jusqu'à l'endroit que José avait choisi. La place était déserte. Parmi la nuit, obscure encore, ses pavés brillaient sous la lueur des réverbères. L'ensemble était infiniment lugubre, et s'accordait parfaitement avec la scène sanguinaire qui devait s'y dérouler.

Tout de suite, désirant un duel régulier, Gonzalès, témoin de Prisqui, dont il avait pris les ordres, se mit en devoir de fixer les points où devaient, au commandement, se placer les adversaires. Puis il compta les distances. Enfin, se plaçant entre José et Lesueur, qu'il avait rapprochés l'un de l'autre, il tira son sombrero et y jeta deux allumettes de tailles différentes, afin de procéder en toute honnêteté au tirage au sort des places.

Cependant, comme il allait prier les deux hommes de prendre les allumettes, la plus grande devant avoir la prédominance du choix, Lesueur, cédant à son naturel, s'avança d'un pas vers Gonzalès, directeur du combat, et le bouscula sans vergogne.

— Ah ! fit-il goguenard, à quoi bon tant de chichis ? Avec les types de l'espèce du danseur, il n'y a besoin de prendre de gants...

Et avant qu'aucun des assistants eût pu se rendre compte de ce qui se passait, le forçat s'était précipité sur José.

Un grand cri s'éleva. Prisqui tomba à terre. Le pavé, toujours brillant sous la lueur des réverbères, se colora de rouge.

Déjà Lesueur se mettait à fuir, suivi par Finot. Mais, furieux de la mauvaise foi de son ancien associé, Gonzalès courut après lui, sans se préoccuper de José. La fureur exaltait ses forces. Alors, à travers les rues désertes et obscures, ce fut une course éperdue. Vingt fois, Gonzalès fut sur le point de rattraper Lesueur, mais alors que déjà le faux monnayeur croyait pouvoir le saisir, il réussit à s'échapper. Le forçat fonçait sans se préoccuper de rien. Il allait, il allait, tel un taureau en furie, et Gonzalès, beaucoup plus fort, avait cependant moins de résistance. Il commençait à s'essouffler. Visiblement, Lesueur gagnait du terrain. A peine voyait-il devant lui une voie libre qu'il s'y engageait, en courant de plus belle. Il ne savait pas où il allait, et absolument ignorant de la topographie des faubourgs et des rues qu'il parcourait, il se dirigeait pourtant du côté de la calle de Majorque.

Ce fut sa perte.

Effectivement, tête baissée, il se rapprochait insensiblement du quartier de Porquemaya et de l'échoppe d'Antonio Précenti. Encouragé par la solitude des trottoirs qu'il avait suivis jusque-là, il croyait peut-être qu'il devait en être jusqu'au bout ainsi, et il n'aperçut point, très loin encore, mais qui pourtant de minute en minute se rapprochait de lui, un groupe de quelques personnages. Ces derniers se trouvèrent bientôt près de Lesueur, toujours à distance suivi par Gonzalès, pour se rendre compte de ce qui se passait. Et instantanément, ils organisèrent l'arrêt du fugitif, obéissant machinalement à un sentiment réflexe.

— Cernons-le ! dit l'un des hommes.

Alors, brusquement, ils s'arrêtèrent. Ils s'écartèrent un peu et s'espacèrent pour laisser libre passage à l'homme poursuivi, mais aussi pour pouvoir, au moment opportun, se jeter ensemble sur lui.

Leur manœuvre réussit au delà de leurs espérances. Lesueur qui, lui aussi, commençait de s'essouffler, avait ralenti sa course et, sans la moindre exagération, je peux écrire ici qu'il vint peu ou prou se jeter dans les bras de ceux du groupe qui l'attendaient, résolus et de pied ferme.

Pouvant à peine parler, manquant de respiration, il n'eut qu'un juron ignoble, puis, s'abandonnant enfin, maîtrisé qu'il était par la poigne de trois des hommes :

— Ah ! je suis fait ! haleta-t-il.

C'est à ce moment que Gonzalès **arrivait.**

II

SOLITUDE

Il nous faut, ô mon lecteur ! pour la bonne compréhension de ce dramatique récit, retourner quelques instants dans l'île de San Salvador.

. . . .

Isolés dans leur coin, Paul Gervais et Yves Le Caradec n'avaient pas été longs à penser qu'ils n'étaient peut-être pas seuls à San-Salvador, et que d'autres passagers ou d'autres hommes d'équipage pouvaient parfaitement être comme eux-mêmes rescapés. Aussi, abandonnant l'endroit qu'ils avaient adopté, s'étaient-ils mis en route à travers les rocs escarpés. Trouvant partout assez de fruits pour se nourrir convenablement, ils s'endormaient, la nuit venue, là où ils se trouvaient, sans se préoccuper de revenir en arrière, et c'est ainsi que par petites étapes, ils avançaient peu à peu dans la direction même du point où avait échoué le vapeur.

Néanmoins, leurs recherches demeuraient vaines et ils n'étaient pas loin de croire qu'eux deux seuls avaient eu assez de chance pour échapper au désastre si tant est qu'on puisse appeler chance le fait d'être perdu — si loin de tout secours humain — sur une île déserte.

Toutefois, un matin, à son réveil, l'ancien pilote du *Martinière*, dont les petits yeux perçants étaient doués d'une vue superbe, tendit le bras vers le sommet des arbres. Et, s'adressant à son compagnon :

— Ah ça ! dit-il, regarde donc, Gervais, regarde... Dirait-on pas, là-haut, quelque chose qui ressemble à un drapeau ?

L'autre, à son tour, leva les yeux dans la direction que lui indiquait le vieux.

— Ma parole, oui ! opina-t-il.

Alors, immédiatement, sans prendre garde que le temps commençait à s'assombrir, les deux hommes se mirent en route, prenant pour objectif la sorte de drapeau lointain qu'ils avaient cru apercevoir et qui n'était, en vérité, que le double foulard que l'ingénieux Prisqui avait, en guise d'appel, attaché en haut d'un mât.

L'espérance d'aller au secours de quelque camarade blessé peut-être, seul et, en un mot plus infortuné qu'eux, donnait du courage aux deux hommes. Ils ne sentaient point leur fatigue. Cependant, plus ils avançaient, plus le drapeau semblait s'éloigner d'eux et la distance qu'ils avaient à parcourir encore pour y atteindre était, en fait, beaucoup plus longue qu'ils ne s'étaient imaginé.

Mais qu'importe ! Ils considéraient que leur devoir était d'aller encore, sans prendre de repos, car le rescapé était, qui sait, peut-

être en danger de mort. Aussi avançaient-ils infatigablement, dédaignant même le vent qui maintenant, annonciateur de l'orage prochain, soufflait du large avec violence.

Les dernières heures de leur parcours semblèrent aux deux hommes si dévoués vraiment interminables. Leurs pas se faisaient de plus en plus pesants mais, de peur, en se reposant, de ne plus retrouver au départ nouveau leur courage, ils dédaignaient d'un muet accord les doux tapis d'herbe et de mousse sur lesquels, avec tant de joie, ils eussent pu dormir un peu.

Et puis, le temps s'assombrissait toujours.

Ils s'étaient mis dans la tête qu'il leur fallait parvenir au drapeau avant que l'orage n'éclatât et, de l'un à l'autre, ils émettaient quelques plaisanteries pour se redonner du courage et s'entraîner mutuellement.

— Si c'était une jolie femme qu'on pourrait retrouver là-bas ! disait Gervais.

— Peut-être une de tes anciennes fiancées ! ajoutait Le Caradec.

Hélas ! aucun des deux hommes ne savait si bien dire et être aussi près de la triste réalité.

— Ah ! quelle noce, si tu disais vrai ! reprit Gervais, plus sérieux qu'il n'aurait voulu.

— Je serais ton garçon d'honneur... et même...

Mais le vieux ne put achever. Un éclair zébra la nue, presque dans le même temps qu'un formidable coup de tonnerre ébranla l'atmosphère.

Et la pluie se mit à tomber.

Dès lors, les deux hommes ne purent plus s'avancer qu'avec une peine inouïe. Le raz de marée perpétuel qui est, on le sait, l'une des caractéristiques des côtes de San-Salvador, avait redoublé de force. Les vagues atteignaient la hauteur de maisons et c'est dans une trombe d'eau féroce et ininterrompue que Gervais et Le Caradec avançaient maintenant.

Mais ils avaient toujours l'espoir d'atteindre le drapeau et de sauver leur compagnon.

Hélas ! Ils ne devaient pas être récompensés de leur courage surhumain ! Si l'on veut bien, en effet, retourner un peu en arrière et envisager la succession des faits, on se rapellera, je gage, que les deux rescapés arrivèrent au pied du drapeau dans le même instant que le bateau de Précenti fuyait devant l'orage. Ils firent des signaux de détresse, on se le rappelle aussi, ils crièrent, ils appelèrent mais en vain. Trop conscients du danger qu'ils auraient couru en revenant dans l'île, les passagers du petit canot n'avaient pas osé répondre.

Le Caradec et Paul Gervais n'avaient vraiment pas joué de chance ! A quelques quarts d'heure de différence près, ils eussent retrouvé Mariette, José et les deux autres ; ils eussent pris leur part du copieux repas froid apporté dans l'île par Ricardo de la Basteramas, ils eussent pu, enfin, partir pour Buenos-Ayres. Mais non ! Le destin, décidément, s'acharnait après eux et, cruel, les avait fait précisément arriver à proximité de la crique pour voir cingler loin d'eux le bateau d'Antonio.

Cependant, tant bien que mal, ils avaient gagné l'abri construit par José Prisqui.

Après le premier moment de découragement, ils avaient réagi et retrouvé quelque peu de courage. Le fait d'avoir aperçu un bateau et des passagers leur démontrait que s'il était difficile et périlleux d'aborder à San-Salvador, ce n'était point, pourtant, tout à fait impossible. Et, mutuellement, ils tâchaient à se redonner de l'espoir.

— Puisqu'il est venu un canot, il en viendra encore un second, puis un troisième, qui sait !

— Le tout est de résister jusqu'à la fin de l'orage. Or, un orage ne dure jamais bien longtemps !

C'était Paul Gervais qui venait de parler ainsi. Or, en prononçant cette phrase, il ne pensait qu'aux orages qu'il avait pu voir en France et il était loin de s'imaginer que, sous la latitude où il se trouvait, il n'en était pas de même ! Les cataclysmes et les ouragans qui, en d'autres régions, ne surgissent que pendant peu de temps, quelques heures au maximum, se prolongeaient, ici, je le répète, pendant plusieurs jours, voire pendant des semaines, et avec des alternatives de périodes plus calmes, auxquelles succédaient des redoublements de violence. Serrés l'un contre l'autre et à demi morts de froid, de fatigue et de faim, ils s'étaient rencoignés dans le petit abri. Entrés là pour quelques instants, croyaient-ils, ils devaient y rester pendant près de sept jours !

Ce fut surtout la question ravitaillement qui, pour eux, fut difficile. Alors que depuis le naufrage le beau temps leur avait permis de faire à leur gré la cueillette des fruits de l'île qui composaient la base de leur alimentation, la tempête rendait maintenant presque impossible cette besogne. La soif aussi ajoutait à leurs affres, car, loin de tout ruisseau, ils devaient, pour calmer la sécheresse de leurs gosiers, se contenter de l'eau fangeuse qui s'entassait dans les caniveaux formés par les affaissements du sol.

— Encore heureux qu'on soit en bonne santé, se consolait le brave Le Caradec. Ah ! que deviendrait-on, si l'un de nous venait à tomber malade !

— Ah ! il ne faut pas penser à ces choses, mon bon !

Mais ils y pensaient malgré eux. De jour en jour, en effet, ils perdaient quelque peu de forces et, par réflexe, leur moral s'affaiblissait. Ils avaient maintenant des troubles dans la vue, la sensation terrible d'être paralysés, sans parler, naturellement, des tiraillements de plus en plus impératifs de leurs estomacs restés insatisfaits.

Etendus par terre, sur des planches, les deux naufragés passaient la plus grande partie de leur temps à demi assoupis. Leur soif et leur faim continuelles étaient génératrices des rêves les plus fous et les plus insensés. Et, tandis que, toujours aussi violentes, les trombes d'eau venaient s'abattre contre les fragiles parois de la misérable baraque, Gervais et Le Caradec, rendus de plus en plus lucides à mesure que leur jeûne se poursuivait, se sentaient peu à peu sombrer dans le néant.

— Perdus ! pensaient-ils alors, sans oser se confier leurs appréhensions pessimistes, nous sommes perdus, et nul au monde ne pense plus à nous !

Ils étaient, en effet, bien loin de supposer que, là-bas, à Buenos-Ayres, au fond d'une humble maison de danses, Mariette, la pauvre Mariette, ne pouvait plus détacher sa pensée du souvenir des deux hommes que

Précenti, dans sa prudence, n'avait point voulu ou osé recueillir...

Cependant, à Buenos-Ayres également, pressés d'en terminer avec l'enlèvement des épaves du *Martinière*, Précenti et son associé hâtaient leurs préparatifs de départ.

Le vapeur qu'ils avaient achevé d'appareiller était prêt à prendre la mer dès que tout danger serait définitivement écarté, c'est-à-dire dès que les nouvelles télégraphiques annonceraient aux Argentins que l'orage, enfin, était dissipé et qu'au large des côtes les flots étaient calmés.

Doublement intéressés, Antonio et Ricardo considéraient incessamment le ciel, avec une attention anxieuse. Ils redoutaient que la mer en furie n'ait emporté dans ses vagues immenses une partie de leur achat. Tant que la marchandise ne serait pas dans le port, en lieu sûr, dans l'un des nombreux hangars de la Basteranas, toutes les suppositions pouvaient être permises et les deux associés tremblaient que leur affaire commune, si avantageuse avant l'ouragan qui soufflait encore sur l'île de San-Salvador, ne devînt, après, désastreuse.

Par contre-coup, Le Caradec et Paul Gervais devaient bénéficier des dispositions actuelles des deux armateurs d'occasion. Lorsque le petit vapeur put enfin lever l'ancre, ils étaient, les malheureux, à peu près au bout de leurs forces humaines.

C'est un matin, de fort bonne heure, que le bateau quitta son point d'attache.

Il était, ce bateau, fin, élancé et élégant. Ancien yacht de plaisance transformé en cargo pour les besoins de la cause, il se détachait, tout blanc, sur le bleu de la mer. Débarrassé de ses gros nuages noirs, le ciel était comme lavé et infiniment bleu, lui aussi, il se confondait avec l'océan aux confins de l'horizon.

Pour mener à bien leur difficultueuse entreprise, Antonio et Ricardo n'avaient rien négligé. Ils avaient engagé pour leur expédition le meilleur pilote du port. C'était un vieil Espagnol qui, disait-on, avait été corsaire au temps de sa jeunesse. Il n'ignorait aucun des récifs qui avoisinaient l'île et se flattait d'y aborder, eût-il les yeux bandés.

Aussi Précenti et de la Basteranas étaient-ils relativement rassurés et tous les deux, à l'avant du bateau, ils fumaient béatement de gros cigares de la Havane et qui sortaient d'une manufacture dont Ricardo était lui-même président du conseil de gestion.

Stoïques, ils avaient chassé de leur esprit toutes les idées susceptibles de les assombrir. Ils se donnaient l'illusion de partir pour quelque croisière d'agrément et ils ne retrouvèrent leur angoisse informulée qu'au moment où ils atteignirent la première ceinture d'écueils.

Toutefois, ils ne furent pas longs à se rendre compte que la réputation du vieux pilote n'était pas exagérée. Leur bateau avançait avec une aisance infinie. Sans la moindre hésitation, il passait entre les rochers. Et, n'eût été l'angoisse de se demander comment ils allaient trouver les épaves, Antonio et Ricardo eussent vécu véritablement d'agréables instants.

Cependant, leurs craintes étaient vaines. Les voies de la Providence sont, on le sait, impénétrables. En effet, tandis que maints commerçants, scrupuleusement honnêtes, ne rencontrent pas toujours dans leurs affaires le succès qu'ils méritent, nos deux associés, eux, dont la bonne foi n'était qu'assez relative, connaissaient toujours le triomphe : lavées et nettoyées par le raz de marée, les décombres étaient intacts.

III

DÉLIVRÉS !

Si hommes d'affaires qu'ils fussent, et préoccupés qu'ils étaient par la recherche de leur achat, Précenti et de la Basteranas n'en avaient pas moins à l'esprit le souvenir des deux malheureux inconnus qu'ils n'avaient pu sauver, le premier jour de l'ouragan, lorsqu'ils avaient fui vers le large, sans revenir en arrière.

Cependant, la vérité me force à dire que les deux associés rendirent au *Martinière* une visite intéressée avant de se préoccuper du sort des deux abandonnés. Bref, ce n'est qu'au moment où ils se sentirent rassurés pour leurs transactions, qu'Antonio proposa à Ricardo de se mettre à la recherche des deux rescapés du bateau, pendant que les hommes d'équipage et les manœuvres engagés dans ce but commenceraient le chargement du petit vapeur de la Basteranas.

Le brocanteur et son ami se dirigèrent donc du côté de l'abri.

A vrai dire, encore, ils ne se pressèrent pas. En leur for intérieur, ils étaient à peu près certains de ne plus trouver dans l'île que deux cadavres et, conscients malgré tout d'avoir été, l'autre jour, si peu que ce fût, responsables, ils n'avaient point de hâte à retrouver, avec les corps des inconnus, des remords et des regrets.

— Sûrement, dit le petit bossu, ils se sont réfugiés, pendant l'orage, dans ce petit cagibi, mais, le beau temps revenu, ils n'y seront pas restés. Où sont-ils partis ? Que sont-ils devenus ? Comment les retrouver ?

Si Précenti parlait ainsi, c'était uniquement pour céler à son compagnon les noires appréhensions dont il était assailli. Mais Ricardo, plus brutal, y mit, lui, moins de formes :

— S'ils sont encore vivants ! grogna-t-il.

Vivants, ils l'étaient encore, oui, mais, en vérité, pas beaucoup !

Incapables de sortir pendant toute la durée de l'ouragan, de peur d'être emportés par le vent de la tourmente, Gervais et Le Caradec étaient, on se le rappelle, à peu près morts d'inanition. Or, lorsque, quelques heures plus tôt, la pluie s'était calmée et avait insensiblement été remplacée par un radieux soleil, les deux hommes, d'une faiblesse extrême, s'étaient trouvés incapables de se mettre debout et, à plus forte raison, de quitter leur abri pour aller aux provisions. Ah ! ils avaient bien essayé ! Mais vainement ! Trois fois, ils étaient retombés sur leurs genoux et maintenant, étendus côte à côte, ils attendaient stoïquement la mort.

Ils attendaient la mort... Et ce fut, enfin, la délivrance qui vint à eux.

Lorsque Antonio et Ricardo pénétrèrent dans la cabane, ils eurent tout d'abord l'impression que les deux pauvres hommes avaient cessé de vivre. Par acquit de conscience, le petit gnome se pencha cependant vers le corps de Gervais et, collant son oreille sur sa poitrine, il écouta avec angoisse.

Quoique bien faiblement, le cœur battait encore.

Emu par l'exemple de son associé, Ricardo en avait fait autant sur la poitrine du vieux marin.

De même que le cœur de Gervais, le cœur de Le Caradec battait imperceptiblement.

Alors, heureux malgré tout, car, en dépit de leur amour de l'argent et des affaires, les deux associés étaient cependant des hommes, le brocanteur et son commanditaire se regardèrent en souriant.

— Ils vivent ! bégayèrent-ils ensemble.

— Mais il faut les sauver, les sauver tout à fait ! reprit Antonio. Courons vite au bateau. Nous en rapporterons du rhum. Puis, quand ils seront revenus peu à peu, nous commencerons progressivement à les alimenter.

— Inutile d'y aller tous les deux, dit alors Ricardo. Je vais rester ici, moi, près d'eux. Je veux que s'ils ouvrent les yeux, s'ils recouvrent leurs esprits, ils apprennent tout de suite qu'ils sont enfin sauvés. Qui sait ! Ce sera peut-être pour eux le meilleur des « cordial »...

A ce moment, comme s'ils avaient pu entendre les paroles du banquier, les rescapés soulevèrent les paupières et esquissèrent un signe, vaguement.

Trop faibles pour parler, ils voulaient néanmoins remercier leurs sauveteurs et leur dire ainsi qu'ils avaient bien compris.

Le chargement du vapeur devait durer deux jours. Ce laps de temps fut largement suffisant pour permettre à Gervais et à Le Caradec de se réhabituer à une existence dont ils avaient bien cru apercevoir le terme. Alimentés progressivement, la fin du second jour n'était pas arrivée que déjà ils aidaient les matelots du vapeur, incapables, dans leur joie d'avoir recouvré la vie, de demeurer sans rien faire.

Antonio et Ricardo étaient tout heureux du double résultat de leur croisière. Gagner la forte somme et sauver deux vies humaines, c'est une opération qu'on ne réussit pas, tant s'en faut, tous les jours. A peine, en réfléchissant bien, une ombre légère se dressait sur leurs actions.

— Qui sait, avait dit le banquier au brocanteur, peut-être, inconsciemment, nous sommes-nous fait les complices de ces gens... Car, après tout, si l'un des deux appartenait, selon toute vraisemblance, à l'équipage du *Martinière*, l'autre n'est qu'un forçat !

Et, pour se mettre en règle avec lui-même, de la Basteranas se décida à parler à Gervais.

— Je suis heureux, lui dit-il, d'avoir pu vous sauver la vie, mais rien ne me dit, en somme, que je ne me suis pas fait inconsciemment, ainsi, votre complice. Nous n'allons pas, bien entendu, vous abandonner, mais est-il indiscret de vous demander ce que vous comptez faire, lors de votre arrivée à Buenos-Ayres ?

— Il n'y a aucune indiscrétion, señor, lui répondit Gervais, avec un accent de sincérité qui ne pouvait pas tromper. Dès mon arrivée en Argentine, je compte aller déclarer ma présence aux autorités civiles et commencer sans plus tarder une tentative de réhabilitation.

Puis, sur un ton un peu plus bas et plein de gravité :

— Car j'ai été, en effet, victime d'une erreur judiciaire, injustement puni par la justice de mon pays pour un crime que je n'ai pas commis et sur la dénonciation anonyme d'un homme que je ne connais point !

— Est-ce donc possible, une telle chose ! Mais elle est diablement intéressante, votre histoire ! Moi qui croyais qu'on ne voyait cela que dans les romans-feuilletons !...

— Il faut croire que non, répliqua Gervais, puisque moi-même...

— Et de quel crime avez-vous été accusé ? s'inquiéta encore l'autre.

— Du crime abominable d'avoir brûlé une femme, ma femme, — et que j'adorais, — dans un four que j'avais construit au fond de mon jardin pour faire cuire des faïences.

Si l'homme n'avait prononcé ces paroles avec un air si attristé et qui, par cela même, devenait si sympathique, Ricardo eût peut-être douté de l'affirmation de Gervais. Mais non. Et puis, le rescapé avait une physiono-

mie si ouverte et des regards si francs et si intelligents !

— Ah ! pensait-il, comment des juges ont-ils pu croire un seul instant que cet homme était coupable ? C'est inimaginable !

C'était, en effet, inimaginable, mais non moins vrai, hélas !

Il avait été convenu entre les rescapés et leurs sauveurs que, dès leur arrivée à Buenos-Ayres, Antonio conduirait Le Caradec et Paul Gervais dans un petit hôtel assez tranquille, tout proche de son échoppe de la calle de Majorque. Là, les deux hommes pourraient se reposer sans la moindre inquiétude, en attendant soit de trouver du travail, soit de se faire rapatrier par les services compétents. Déjà, une véritable intimité existait entre les quatre hommes et, sans vouloir rechercher profondément quelles étaient, par ailleurs, les particularités de la vie de chacun, ils avaient les uns dans les autres la plus entière confiance.

Le vapeur de la Basteranas avait quitté l'île de San-Salvador avec la même facilité qu'il y avait abordé. Avec un retard insignifiant sur l'horaire prévu par le vieux pilote espagnol, il arriva vers neuf heures du soir dans les bassins du port. Et, tout de suite, Antonio et Ricardo proposèrent aux deux autres de les conduire à leur hôtel.

Une automobile les mena alors jusqu'à proximité des faubourgs. Ils en descendirent pour continuer à pied la fin de leur chemin. Ils voulaient, avant de se coucher, se dégourdir un peu les jambes. Pour Gervais et Le Caradec, le spectacle était si nouveau, de cette ville étrangère si différente, en vérité, dans son pittoresque nocturne, de toutes celles qu'ils connaissaient.

S'ils n'avaient été, l'un et l'autre, si fatigués par leurs interminables journées de privations, ils eussent aimé prolonger leur promenade, mais la sagesse et la prudence leur commandaient plutôt de regagner leurs lits. Pour ce faire, toujours accompagnés par Antonio et Ricardo, ils s'engagèrent dans le dédale des petites rues qui conduisaient à l'hôtelle de la calle Majorque.

Ils avançaient doucement, tous les quatre, séduits par la nuit magnifique. Le cœur satisfait, ils goûtaient âprement les doux effluves de la ville parfumée et, rêveurs, ils allaient parmi le silence.

Mais, tout à coup, troublant ce silence, ils entendirent confusément le bruit d'une double galopade, d'une poursuite. Insensiblement, ce bruit se rapprochait, devenait plus précis. Bientôt, ni les uns ni les autres ne purent plus douter. Instinctivement, guidés par un mouvement réflexe, ils se mirent tous sur la défensive et, avant qu'ils eussent pu, de part ou d'autre, se rendre exactement compte de ce qui se passait, ils entrevirent enfin, débouchant du coin de la rue, un homme harassé, essoufflé, épuisé, qui s'abattit comme une masse contre le mur vivant que formaient les arrivants.

A ce moment, empoigné, il eut à peine le souffle suffisant pour haleter encore :

— Ah ! je suis fait !

Puis il s'abattit dans la minute même où, poursuivant le forçat, Gonzalès arrivait.

IV

DU BONHEUR...

C'était sous le ciel nocturne, noir et bleuté, tout constellé d'étoiles, une vision assez imprévue, que celle de ces hommes si différents d'origine et que le hasard venait de réunir par le jeu des circonstances.

Aussi essoufflés l'un que l'autre, ni Lesueur ni Gonzalès ne pouvaient encore prononcer un mot. Mais solidement maintenu par Gervais et Le Caradec, le bandit avait dû abandonner tout espoir de s'enfuir. Aussi bien, si, en tombant dans les bras de son ancien compagnon du bateau, il avait eu assez de présence d'esprit pour prononcer les trois mots : « Je suis fait », c'est que, dans l'espace d'un instant, il avait entrevu toute sa situation.

Gervais libre, et ne dépendant plus, désormais, de personne, c'était pour Lesueur la fin de toute espérance.

Aussi bien, plus rapidement même qu'il n'avait pu le penser, son procès commençait. En effet, Gonzalès, qui, d'instant en instant, reprenait peu à peu ses sens, expliquait déjà à ses amis retrouvés tout ce qui s'était passé.

— Ah ! tenez-le solidement, disait-il. Il n'y a peut-être pas, dans toute l'Argentine, un homme aussi nuisible que peut l'être celui-là. Voleur, assassin, mais cela ne lui suffit pas ! Il a séquestré pendant de longs mois une femme et, après avoir injustement fait condamner l'ami de cette femme en l'accusant de l'avoir brûlée vive. Enfin, venant de retrouver cette femme, il vient d'assassiner lâchement un brave enfant qui voulait la défendre.

A mesure que Gonzalès parlait, l'étreinte de Gervais se resserrait encore. En apprenant qu'il tenait enfin l'homme qui lui avait fait tant de mal, qui avait brisé sa vie, le pauvre garçon était passé par tant de sentiments qu'il ne savait pas exactement où il en était lui-même. Mais, violemment, il se tourna vers Lesueur et, avec un grand cri, plongeant ses yeux dans ses yeux :

— C'est vrai... c'est vrai... c'est toi ?

— Ah ! en voilà assez avec toutes vos histoires ! ricana Lesueur.

Cette réponse déconcertante mit le comble à la fureur de l'autre.

— Défends-toi ! lui jeta-t-il.

Et, brusquement, sans que les autres eussent le temps de se rendre compte de ce qui arrivait ou de s'interposer entre eux, les deux hommes tournoyèrent dans un corps à corps implacable et féroce. Toute la rancœur, toute la rage que Gervais avait accumulées depuis tant et tant de mois, en pensant à son dénonciateur faussaire et anonyme, s'exaltaient maintenant et lui donnaient des forces qu'il s'ignorait lui-même. La lutte ne fut pas longue mais cruelle. Quatre minutes, moins peut-être. Et, tout à coup, les assistants terrifiés entendirent un bruit sourd. C'était la tête de Lesueur qui venait de frapper avec une violence inouïe les pavés de la rue et qui, maintenant, ouverte, contre le bord du trottoir, laissait échapper, mêlée à un sang violacé, de la matière cérébrale.

Devant la matérialisation de ce qu'il venait de faire, Gervais demeurait tout étourdi et empli de stupeur. Mais, dans le même temps, une satisfaction bienheureuse, la satisfaction du devoir accompli, lui réchauffait le cœur. Enfin, n'en pouvant plus, succombant de joie et d'émotion, il éclata brusquement en sanglots, comme un petit enfant.

Autour de lui, les autres s'empressaient. Fiers pour lui et émus eux aussi, malgré qu'ils en aient, ils se prodiguèrent pour le consoler. Ces rudes hommes trouvaient sans savoir comment des paroles de tendresse presque féminines et Gonzalès lui-même, amolli par tout ce qu'il avait appris et vu depuis le début de cette scène tragique, se sentait, non sans surprise, redevenu un brave homme.

— On ne peut laisser cet homme seul, dit-il aux autres. Conduisez-le donc chez Porquemaya. Vous lui ferez prendre quelque chose pour le réconforter. Quant à moi, il me faut retourner chercher ce pauvre José Prisqui, lâchement attaqué, car c'est lui, vous l'avez pensé sans doute, que ce misérable a assassiné...

Et, en prononçant ces mots, il désignait le cadavre de Lesueur, que le service de la voirie ramasserait le lendemain, avec les ordures de la nuit...

Très certainement, lorsque Paul Gervais et Le Caradec, escortés par Antonio Précenti et Ricardo de la Basteranas pénétrèrent chez Porquemaya, aucun des assistants n'eût osé soupçonner les aventures d'où sortaient ces quatre hommes et particulièrement l'un d'eux.

Celui-ci, depuis de longs instants, avait l'impression de rêver et ce n'est certes pas l'atmosphère enfumée de la maison de Danses qui pouvait l'aider à reprendre vite pied dans la réalité. Et puis, aussi, il entendait encore bourdonner à ses oreilles la courte explication que Gonzalès avait prononcée tout à l'heure :

— Il a séquestré pendant de longs mois une femme... Venant de retrouver cette femme...

— Eh quoi ! serait-il donc possible ?

Mais plus Gervais envisageait cette idée insensée, plus il se rendait compte qu'il eût été fou d'y croire.

— Comment, en effet... se disait-il.

Toutefois, brusquement il s'arrêta de penser ainsi. Cette femme qui, là-bas, sagement assise à proximité de la petite scène et qui semblait si triste...

Le pauvre homme n'y tint plus. Abandonnant ses compagnons, il alla prestement jusqu'à la place où la danseuse rêveuse se demandait inconsciemment ce que José avait pu devenir et, arrivé près d'elle, la reconnaissant enfin, il s'écroula à ses genoux, en éclatant en larmes.

Tout d'abord, Mariette, saisie et ne pouvant savoir quel était cet homme inconnu, esquissa un geste en arrière et fit tous ses efforts pour retenir un cri d'effroi. Cependant, très vite elle se reprit et ce fut elle, à son tour, qui pleura. En effet, avant même d'avoir pu reconnaître celui qu'elle adorait toujours, elle avait reconnu sa voix, sa voix si tendre, si amoureuse, qui venait doucement de prononcer son nom. Alors, à demi affolée :

— Paul ! s'écria la femme, sans souci de tous ceux qui l'entouraient, Paul, mon Paulo chéri ! Toi ici ! Est-ce possible ? Mais comment ?

Trop ému pour parler, l'homme dut se faire violence pour prononcer quelques paroles.

— Ah ! qu'importe, mon aimée. Je te dirai... Nous avons tout le temps... Pour l'heure, sache seulement que je t'adore et que plus rien désormais ne pourra plus, jamais, s'opposer à notre bonheur.

Mais, brusquement, les traits de la femme s'assombrirent. Dans un éclair, elle venait de penser à Lesueur, à ce bandit sans pitié et qui avait juré sa perte.

— Plus rien, désormais, ne pourra plus jamais s'opposer à notre bonheur ? répéta-t-elle à demi voix. Ah ! en es-tu bien sûr, Paulo ?

— Oui, affirma Gervais, oui, ma Mariette chérie.

— Cependant, insista la danseuse, cependant, tu ne peux ignorer que, depuis la nuit tragique où commencèrent nos malheurs, un homme sans scrupules, un...

Doucement, le jeune homme avait placé sa main sur la bouche de la jeune femme.

— Et toi, tu ne peux savoir, ô ma chérie ! que cet homme a péri de ma main. A l'heure actuelle, sa misérable dépouille attend, sur le bord du trottoir, qu'un chiffonnier de bonne volonté la ramasse et la jette je ne sais dans quelle infâme poubelle, là où est sa vraie place.

Mariette, émue malgré tout, n'osait point solliciter d'autres explications. Elle pensait bien que la nuit qui achevait de s'écouler avait dû être fertile en incidents sanglants et, à travers l'immensité de son bonheur recouvré enfin, pour toujours, elle ne pouvait se défendre d'un sentiment de pitié à l'égard d'un de ses défenseurs qu'elle aimait, elle, comme un frère.

Son angoisse, cependant, ne fut pas de trop longue durée. Tandis qu'assis maintenant l'un à côté de l'autre et les doigts enlacés, Mariette et Paul Gervais parlaient tous deux à la fois en commençant à se raconter déjà combien et comment, depuis leur séparation, ils avaient pu souffrir, Gonzalès rentra dans la salle. Il jeta quelques mots ici et là ; puis, se rapprochant enfin du jeune couple, il s'adressa à la femme.

— Vous ne m'en voudrez pas, Mariette, lui dit-il, de vous dire la vérité. Le bonheur que vous avez si miraculeusement retrouvé est assez immense pour me permettre d'y jeter une ombre légère... En se battant contre votre persécuteur, José a été blessé.

La femme était devenue pâle.

— Mais ne vous effrayez pas, poursuivit Gonzalès. Si, attaqué à un moment où il ne pouvait s'y attendre, sa blessure est assez grave, ses jours cependant ne sont pas en danger. Il repose maintenant dans sa chambre ; nous irons le voir tout à l'heure...

Et, voulant changer de conversation :

— Il paraît qu'il était temps que Précenti aille à San-Salvador, continua Gonzalès. Monsieur, ici présent et le marin qui était là-bas avec lui n'en avaient plus, m'a-t-on dit, pour longtemps. Mais le ciel a voulu...

— Eh quoi ! s'écria alors Mariette, au comble de l'émotion, c'était donc toi, c'était donc toi... dans l'île... sous l'orage... quand, lâchement, nous avons fui ?

— Lâchement, non... car, dans la tourmente, nous périssions tous, tandis qu'aujourd'hui, après quelques jours de souffrance, ne sommes-nous pas récompensés ?

Puis, faisant signe à Le Caradec qui était resté avec Précenti et la Basteranas de se rapprocher de lui :

— Mais je veux te présenter mon fidèle compagnon de malheur, ma chérie, le brave à qui, peut-être, qui sait, je dois la vie et désormais toute ma joie...

Et comme le vieillard avançait :

— Yves Le Caradec, mon sauveur, dit doucement Gervais.

Puis, se tournant vers Mariette, il la présenta à son tour :

— Ma femme !

V

ÉPILOGUE

C'est à Viroflay, dans le coquet département de Seine-et-Oise, en France, que nous retrouvons, quelques mois après les événements que nous venons de relater, le couple délicieux et enfin rasséréné que forment Mariette et Paul Gervais.

Ils vont, d'ailleurs, dans quelques jours, célébrer leur mariage.

Mais quels sont tous ces bruits qui emplissent la petite maison dissimulée dans les bois et, si calme à l'accoutumée ?

J'aurais mauvaise grâce, n'est-ce pas, à ne pas vous dire que ce sont les témoins et les invités de la noce qui, avec leur ardeur toute sud-américaine, font, du matin au soir, un fracas étourdissant.

Tous les amis de Mariette ont tenu, en effet, à assister à son union et c'est le riche Basteranas qui, sur le vapeur même qui a délivré Gervais, a offert la traversée à tous ceux, femmes et hommes, qui désiraient la faire.

Ce fut, aussi bien, une croisière féerique. Outre les prochains mariés, le bateau comptait, au nombre de ses passagers : Antonio Précenti, José Prisqui, Porquemaya et sa femme, Le Caradec et la Basteranas lui-même. Seul, Gonzalès, et pour des motifs que je crois inutile de rappeler ici, dut renoncer au voyage. Et maintenant, tous ces gens, logés dans la maison de Gervais, y mènent une vie purement enchantée, transformant peu ou prou la calme localité, si française, en une sorte de colonie argentine ou espagnole.

Quant à l'affaire du *Martinière*, les journaux, à l'époque, en ont assez parlé pour que je me dispense de l'évoquer à nouveau dans ces lignes. Tous les transportés ayant, les uns après les autres, disparu dans les rixes, tourmentes ou naufrages dont ils furent les victimes, la pénible odyssée fut close par un non-lieu. Seul, Finot, que nul, jamais, ne revit depuis la nuit du duel où il s'enfuit à côté de Lesueur, put ainsi échapper au châtiment suprême.

Enfin, le fait que Mariette, bien vivante, put venir, dès son arrivée, témoigner devant les autorités que jamais, au grand jamais, — et pour cause, — Paul Gervais ne l'avait brûlée, hâta la révision d'un procès qui défraya, lui aussi, les annales judiciaires. Après tant d'épreuves si lourdes, de tracas et de peines, les deux amoureux peuvent goûter enfin un bonheur si chèrement acquis et la vérité me force à dire qu'ils sont heureux, heureux, heureux, plus heureux peut-être même, que s'ils n'avaient point souffert leurs tortures physiques et morales.

Dirai-je cependant encore que, parmi tant d'insouciance et de bonheur, un cœur un peu endolori fait néanmoins une légère tâche? Mais ce cœur est si jeune qu'il a devant lui une longue vie pour se consoler tout à fait et trouver, lui aussi, le bonheur qu'il mérite. José Prisqui, car, on le sait, c'est de lui qu'il s'agit, devait, en effet, recevoir bientôt du ciel une compensation à sa bonté et à son dévouement.

Mais ceci, ainsi que dirait Kipling, mon bon maître, c'est tout à fait une autre histoire...

FIN

LISEZ LE 1ᵉʳ DÉCEMBRE :

LE ROI DE LA SIERRA

Roman d'Aventures Inédit

par

JEAN DE LA HIRE

CHAPITRE PREMIER

LE SHÉRIF DE BOLSON

Le shérif Ashton était le chef de la police à Bolson, l'une des cités mexicaines, sise sur l'un des contreforts ouest de la Sierra Madre. C'était un homme, grand et maigre, au visage osseux et rasé, éclairé de deux yeux d'un bleu gris qui semblaient ignorer à jamais le sourire.

Le shérif était dans son bureau, lorsqu'un cow-boy, à la fois ordonnance et serviteur, lui apporta la carte d'un solliciteur. Il jeta sur le bristol un regard étonné et d'un geste donna l'ordre d'introduire le visiteur.

Celui-ci, quelques minutes après, était devant le chef de la police. C'était un jeune homme de vingt-sept ans environ, au costume de touriste européen. Il était brun, vigoureux et distingué. Au premier abord, son visage grave et résolu inspirait la confiance.

— Monsieur Chantal ! dit le shérif, vous êtes Français, je pense ?

— *Yes, master*, répondit le jeune homme qui poursuivit en anglais... et c'est à la suite d'une pénible aventure que j'ai entrepris ce voyage au Mexique.

« J'arrive directement de Mexico, où le shérif de cette ville, Mr. Brenner, a bien voulu me donner pour vous une lettre de recommandation.

L'œil gris de Mr. Ashton s'illumina d'un éclair de plaisir. Il prit le billet de son confrère de Mexico, le lut rapidement. Ensuite, tendant la main au jeune homme, il déclara :

— Vous m'êtes très chaudement recommandé, monsieur Chantal... Mon excellent ami, le shérif Brenner, me dit quelques mots d'une affaire très délicate que vous voudrez bien m'exposer.

« Je suis à votre entière disposition dans la limite de mes attributions, bien entendu... Mais enfin, bien que pour beaucoup de cas nous ayons les mains liées, je ferai tout au monde pour vous donner satisfaction.

— Je vous remercie, shérif.

— Avant tout, je dois prendre une précaution, qui m'est rigoureusement imposée par mes fonctions ; mon camarade de Mexico me dit que vous êtes officier français...

— Je suis lieutenant d'infanterie coloniale. J'ai obtenu un congé de deux mois et j'espère que ce laps de temps...

— Parfait... mon cher lieutenant, vous allez me jurer sur l'honneur que vous ne venez pas ici pour prendre des photographies d'ouvrages militaires ni pour lever des plans...

— J'en prends l'engagement d'honneur.

— Dans ces conditions, je vous écoute, lieutenant Chantal.

(A suivre.)

[illegible]